animais submersos

Priscila Gontijo

7 *Vozes do oceano*, por Adriana Armony

15 Com um mar de água em volta

33 Bom dia

46 O amor embaixo da porta

58 Não olha agora

65 O império das vagas oceânicas

84 Os visitantes

99 A entrega

102 Só as capivaras são felizes

119 Antes de sair, feche a porta

136 O intruso

151 Bunda intelectual

160 A última festa

167 O maior oráculo da Terra

178 Soon-Yi, Annie e Melinda

192 Essas pessoas

199 Algas marinhas

217 Terno subsolo

237 Sobre a autora

Para Kubrick,
o gato mais legal do planeta,
em memória

Vozes do oceano

por *Adriana Armony*

Uma mulher vaga pelas ruas de São Paulo à beira do suicídio. Uma jovem contratada como garçonete se vê oferecida aos olhares masculinos num aquário lascivo. Uma mãe furta no supermercado sob o olhar dos filhos pequenos. Uma idosa se envolve sexualmente com um rapaz muito jovem.

São esses alguns dos personagens que povoam este livro de Priscila Gontijo: bêbados, estranhos, desajustados, malditos. Personagens contraditórios, meio dostoievskianos, meio rodrigueanos — agora gontijeanos. Alguns palmilham a cidade como se percorressem o próprio corpo. Seres das margens, explodem seu desejo ou frustração em palavra viva.

Em *Peixe cego*, a autora escrevia um romance de formação engraçado, aventuresco, tocante. A protagonista Irina, dona do peixe Mishkin, é uma garota atrapalhada que desbrava a selva urbana de São Paulo enquanto sonha com uma viagem a Moscou e com literatura russa. Das águas do aquário deste romance inaugural, Gontijo se lança ao espaço sideral: no seu segundo romance, *O som dos anéis de Saturno*, testemunhamos como a garota protagonista violentamente se torna mulher, numa prosa experimental entre a loucura e a música.

Nos contos de *Animais submersos*, paradoxalmente, Priscila Gontijo está em terra. O adubo são as vozes que se multiplicam. Uma leitora apaixonada de Dostoiévski e de Bakhtin sabe o valor da polifonia narrativa. Por meio do confronto de vozes, se revelam e se (re)produzem os paradoxos do real e do imaginário que nos movem, tanto na experiência individual como na coletiva.

Estamos falando aqui de Dostoiévski, claro, mas também de Nelson Rodrigues, Faulkner e de uma série de escritores contemporâneos que fazem da polifonia seu principal campo de exploração artística.

A essas vozes, se acrescenta a experiência do corpo feminino. As mulheres gontijeanas são fortes, sexualizadas, às vezes implacáveis, tragadas pela violência e até pela crueldade do desejo.

O domínio no manejo das vozes e registros deve muito à experiência teatral de Priscila Gontijo, também dramaturga e roteirista, ex-integrante do Centro de Pesquisa Teatral (CPT), de Antunes Filho, fundadora do grupo de teatro Companhia da Mentira e autora de peças premiadas, como *Soslaio* e *Funâmbulas*. Seu ouvido para diálogos, marinado na dramaturgia de Nelson Rodrigues, está presente tanto nos contos quase inteiramente constituídos de diálogos quanto naqueles em que as falas circulam em discurso indireto livre.

Com tantas vozes que se revezam e entremeiam, há, entretanto, no ecossistema do livro, uma organicidade, seja nas imagens marítimas — algas marinhas, vagas oceânicas, ilhas —, seja nas figuras dos bichos que perpassam todos os contos.

Forças animalescas se agitam nas águas barrentas dos personagens. Nada aqui é puro. Essas forças se concretizam nos contos em animais reais, sempre à espreita. A presença ostensiva de muitos cães e gatos, a passagem casual de um flamingo, a vigilância de uma coruja. Olham de dentro dos contos, às vezes diretamente, quando se misturam ou metaforizam os personagens, às vezes de esguelha, uma nota de pé de página a nos lembrar da nossa paradoxal condição humana. De certa forma, encarnam a segunda história, aquela que se escreve e lateja por baixo da história aparente, prestes a dar o bote.

Como em *Peixe cego*, o espaço da cidade é cenário e fonte de narrativas. Como em *O som dos anéis de Saturno*, sentimos a força musical da prosa. Entretanto, a maior força do livro está nos múltiplos personagens nos quais habitam os animais submersos, mais ou menos aflorados.

Não são personagens fáceis ou planos. Vozes do subterrâneo em geral não são agradáveis. Mas são essas vozes que mais nos assombram, nos mobilizam e arrebatam. A literatura — e a arte em geral — é esse lugar onde a vida prolifera em todas as suas formas, às vezes estranhas e monstruosas.

Em *Animais submersos*, não existe lição, a não ser de literatura. Uma literatura que, mergulhada em desejo e no que existe de mais terreno, alcança o terno subsolo de todos nós.

Adriana Armony é escritora, professora do Colégio Pedro II, no Rio de Janeiro, e doutora em Literatura Comparada pela UFRJ, com pós-doutorado na Sorbonne Nouvelle (Paris 3). É autora dos romances *A fome de Nelson* (Record, 2005), *A feira* (7Letras, 2017) e *Pagu no metrô* (Nós, 2022), entre outros.

A mente que amo deve ter lugares selvagens.

Katherine Mansfield

O mais profundo é a pele.

Paul Valéry

(...) saber orientar-se numa cidade não significa muito. No entanto, perder-se numa cidade, como alguém se perde numa floresta, requer instrução. Neste caso, o nome das ruas deve soar para aquele que se perde como o estalar do graveto seco ao ser pisado, e as vielas do centro da cidade devem refletir as horas do dia tão nitidamente quanto um desfiladeiro.

Walter Benjamin

Sem paixão não dá nem para chupar picolé.

Nelson Rodrigues

É preciso aprender a ficar submerso
por algum tempo. É preciso aprender.

Alberto Pucheu

Com um mar de água em volta

Para o pequeno grupo de meninas, era como se o barco nunca fosse ancorar. Ansiosas pela chegada, as jovens se amontoavam em volta do barqueiro, disparando perguntas e soltando exclamações de encantamento diante da exuberância do lugar. Lá estava a casa, imensa, amarela, boiando sobre o mar verde-água e emoldurada pela vegetação da Mata Atlântica. Dava para ver funcionários trabalhando – moscas vagueando sobre a toalha amarrotada, um avental andando para lá e para cá carregado de travessas.

Entre as moças do grupo, Isa, de jardineira jeans, alpargatas e óculos de graus, foi a última a descer na enseada. Ao pisar na areia macia, sentiu o peito afundar-se, como se tivesse sido tragada pela paisagem. Tentou imitar as garotas e apressou o passo, segurando firme a pequena mala. Apertou os olhos contra a claridade e seguiu o bando, mas algo nela trincara e cedia.

Mas que idiota, que idiota ela tinha sido por não trazer o remédio. Foi quando o sabiá pousou em um galho próximo e ela se lembrou, de repente, de respirar. Fechou os olhos e inspirou, enchendo a barriga e soltando o ar devagarinho contando até quatro. Um, dois, três. Ao abri-los, flagrou uma das meninas tropeçando na pedra. Amália soltou um palavrão ao ver o pé ferido, mas continuou caminhando até o quarto, aos pulos, e sem nada dizer. Lá dentro, Eunice, uma mulher de meia-idade, parruda, de vestido verde-limão, se apresentava, os dedos roliços e engordurados movendo--se no ar. Explicava como seria a dinâmica de trabalho, os horários e as regras de convivência. Avisou que, tão logo todas as moças se instalassem, lhes mostraria a casa e o salão.

Os quartos eram pequenos e abafados, com quatro beliches de aço. Mesmo em ambientes assim, Isa mantinha baixa a temperatura do corpo. Desde sempre: mãos e pés frios. Ela sentia um misto de repulsa e glória por fazer parte daquele ambiente – que mulheres fortes, saudáveis, bonitas! Por Deus, que bronzeado! E aprumou-se, esfregou as mãos na bochecha para levantar a expressão cansada e mediu o próprio decote. No vaivém entre o quarto e o banheiro, ouviam-se sussurros ofegantes, um pleitear segredos sob o tilintar de pulseiras e brincos. As moças liberavam uma orgia de hormônios, a adrenalina gingando para lá e para cá e encharcando o ambiente com uma corrente de entusiasmo. Os cabelos longos e brilhantes, as penugens aloiradas de braços e pernas, o odor de cigarro e alfazema, a disposição alegre daquelas moças diante do novo trabalho tanto a oprimiam quanto a fascinavam. Sem dúvida, nenhuma delas precisava de remédio tarja preta para dormir. Isa esforçava-se para demonstrar calma e confiança. Sim, ela também fazia parte daquele grupo. Ela também tinha sido selecionada.

Tirou o chiclé do bolso da frente da jardineira. Em sua pesquisa na internet, descobrira que o chiclete era capaz de transformar a postura de qualquer pessoa e ajudava a liberar um relaxamento na expressão. Isa mascou avidamente até a goma dissolver o líquido cheiroso e inundar seu interior com o aroma delicioso de melancia. Ela sentiu-se imediatamente melhor, muito mais integrada.

"Clara que me indicou pro trabalho. E você?", ela perguntou como quem não quer nada, entre uma bola e outra estourada na cara. Amália, que cuidava do pé machucado, respondeu sem levantar a vista.

"Quem me indicou foi o irmão do Ronaldo."

"Quem é Ronaldo?"

"O falecido. O marido morto. Sabe?"

"Não."

"Ah, deixa pra lá. O que importa é que estamos aqui e o meu pé precisa ficar bom logo, senão vai ser osso."

"É a sua primeira vez?"

"Imagina, já venho pra cá há uns quatro anos. Todo final e começo de ano."

"Clara também, aliás, ela vem desde antes. Quando os donos abriram."

"Eu sei."

Isa não tinha mais o que dizer ou perguntar, e Amália parecia mais interessada em seu dedão, vermelho e torto. Os olhos da menina, de um castanho belo e angustiado, imploravam indícios em qualquer parte, alguma correspondência. Eles apertaram-se de novo e procuraram depressa, cheios de ansiedade, um tecido apaziguante. Ela tocou no algodão do lençol para se certificar da própria presença.

Será que era a única novata? Desabotoou o sutiã, parecia sufocada. Percebeu que as outras já tinham escolhido o seu lugar de dormir, largando bolsas e objetos em cima do colchão. Sobrou o segundo andar do beliche, perto da porta. Tomou um gole na sua garrafinha como se a água pudesse amainar a solidão, jogou sua mochila em cima do colchão e foi para a fila do banheiro.

A porta se abriu e de lá saiu uma moça de pele muito branca, cabelos escuros, tatuagem tribal nas pernas e nos braços. Abrindo um sorriso lânguido, ela cedeu passagem. Isa a reconheceu. Era Moira, namorada de um cantor muito famoso de rock. Ela queria perguntar como era ser namorada de um cantor muito famoso de rock, mas alguém berrava do lado de fora.

"Meninas, estão prontas?" A mulher dos dedos roliços chamava.

Nem deu tempo de trocar o absorvente. Antes de sair, Isa deu uma espiada no espelho e se achou abatida, opaca, incolor. Parecia que tudo nela dizia: eu não faço parte. Seu corpo franzino, seu olhar ansioso, a postura encurvada. O azul da armação dos óculos aumentava seus olhos já redondos e grandes. Devia ter escolhido uma armação mais alegre, mais quente, talvez vermelha, talvez amarela. Mascou o chiclete como se corresse uma maratona e então o cuspiu.

Já havia escurecido. Palmeiras iluminadas, mesas enfeitadas com velas aromáticas, móveis de madeira rústica, som de *reggae*. No salão, dona Lídia, trinta e poucos anos, alta e ossuda, as recebeu sem entusiasmo e com um sorriso desnutrido no rosto. Assim que viu as meninas, tentou ser simpática, mas o riso formal desvaneceu antes mesmo de dizer boa noite. Abanando o rabo, Duarte, seu pastor alemão, se empenhava de modo mais convincente.

"Ela acabou de perder o marido, coitada", alguém sussurrou. Nesse instante, surgiu Clara, de avental preto, cabelo preso, sem maquiagem no rosto, sem adereço nos braços, apenas eficiente, e totalmente transfigurada pelo local. A expressão de gerente veterana lhe acendeu uma chama e a lançou para um lugar de destaque na massa de jovens mulheres. Mais segura e amparada pela presença de seus leais funcionários, Lídia continuou:

"Vocês vão seguir as orientações da Clara, que é caixa e gerente. Este é meu primeiro ano sem o Ronaldo, então não sei como vai ser. Clara, que trabalha comigo desde o começo, vai ajudar. Algumas meninas se saem melhor do que outras... Preciso balancear, não posso ficar no prejuízo. O restaurante está passando por um momento difícil. O orçamento ficava por conta do meu marido... Ah, para as meninas novas: sejam simpáticas com os clientes e estudem o cardápio. Bom, acho que é isso. Boa sorte, meninas."

Assim que terminou, Lídia sumiu por uma alameda de pedras, equilibrando sua triste figura sob um vestido leve e esvoaçante, tão etérea era a sua passagem que parecia desaparecer a cada passo, como se, de repente, fosse voar. Quando chegou a um quarto envidraçado, sempre acompanhada do fiel pastor, fechou a porta atrás de si sem olhar para trás. O cachorro virou-se e ao dar de cara com os rostos curiosos, abriu a boca num bocejo. Eunice nos mostrou a cozinha, os banheiros e o estoque. As meninas logo se dispersaram.

"Achei que a gente ia se apresentar. Ela nem perguntou o meu nome."

"Ela não está em condições de saber o seu nome e nem o de ninguém aqui... E saber o nome pra quê?", questionou Clara, apagando o cigarro na sola do tênis e enfiando a bituca em um saquinho plástico.

"Não sei... Vamos passar o ano novo juntas", Isa disse num fio de voz.

"A gente não vai passar o ano novo juntas. Isso aqui não é férias, Isa. Vamos ficar trabalhando o dia todo, você não faz ideia o trampo que é", disse Clara enquanto pegava uma revista do balcão e folheava. "O restaurante lota durante todo o mês de dezembro, janeiro e fevereiro."

"Será que amanhã vai ser assim? Espero que não esteja tão lotado no primeiro dia", Isa implorou, mirando as mesas iluminadas.

"Vira essa boca pra lá! Eu, hein?", Clara irritou-se. "Tomara que encha sim, ora. Mas é claro." E sumiu pela mesma alameda de pedras. Isa virou-se para o mar, sombrio, ladino, estrangeiro. Um barco iluminado atravessou o horizonte. Por alguns segundos, viu-se dentro dele, debruçada sobre a água, observando o silêncio encrespado e ameaçador. Desejou ser marinheira para passar a vida trafegando entre ilhas sem nunca aportar. Ao virar-se, deu de cara com um pequeno vulto. Duas pupilas arregaladas brilhavam no meio da escuridão.

"Qual o seu nome?", perguntou a pequena voz.

"Isa. E o seu?"

"Soraia."

A criança apontou o dedo para cima mostrando a finíssima lua, que de tão magra, parecia doente. Depois mergulhou o dedo na boca e fitou Isa. Ficaram as duas assim, imóveis, indagando-se em silêncio, como se aguardassem a revelação de algum segredo. Soraia foi a primeira a escolher um gesto e recolheu do chão um saquinho plástico com a guimba. Clara deve ter esquecido ou deixado cair. A garotinha entregou o lixo com tanto cuidado a Isa que parecia lhe confiar um cadáver querido. E voltou-se em direção à cozinha, sem pressa. Isa permaneceu ali, sozinha, com o tênue espectro brilhante no céu, ecoando. Nas mãos, como um pássaro frágil e moribundo, a ponta de um cigarro, legado do dia.

De manhã, ao erguer-se da cama, um susto. Ninguém no quarto. Levantou-se de um salto. Havia perdido a hora? Logo ela que tinha o sono tão leve! Lá fora, as meninas ouviam as coordenadas da gerente. Clara, ao ver Isa chegando esbaforida, censurou-a com um gesto. Em pouco tempo, o restaurante estaria cheio, elas precisavam se apressar.

Mesmo tão próximo, o mar parecia distante, improvável. Com as mãos úmidas de suor, Isa sofreu novamente uma contração. Sabia que a clientela era de gente rica e importante, pessoas bem-vestidas, frequentadoras de ilhas, jogadores de futebol, conhecedores de frutos do mar. Folheou rapidamente o cardápio. Peixes: risoto de camarão, anchova ou tainha temperada, filé de anchova com abacaxi e champignon. O mar tão longe. Filé de congrio à milanesa, na chapa com legumes, linguado grill, bacalhau à Gomes de Sá, polvo à lagareiro.

Não podia confessar ali, mas nunca tinha visto um polvo ao vivo, só em fotografia.

Por trás da porta da cozinha, Soraia surgiu descabelada, mastigando um pedaço de pão. Num arranque, a menina correu atrás de uma rolinha, atravessando o jardim aos tropeços com suas pernas miúdas. De repente, estacou diante de Isa e ergueu o pescoço, franzindo o rosto contra a luz do sol, a boca suja de leite. A mãe voltava do salão carregando uma travessa de camarões para a cozinha.

"Pra dentro, garota. Antes que dona Lídia te veja", esbravejou Eunice.

Moira surgiu de batom vermelho, shorts jeans e camiseta preta. No sol, sua transparência brilhava e reacendia o contraste entre a pele clara e as tatuagens escuras, de traços ríspidos. Ela tinha a franja curta, à Louise Brooks, preta e lisa. Era mais velha que Isa uns dez anos, devia ter vinte e oito. Apesar do estilo diferente das outras garotas, não parecia deslocada.

"Melhor começar a organizar o banho", ela disse, enquanto caminhava apressada.

"Já?", Isa perguntou acompanhando-a pelo gramado.

"São quase dez, os clientes começam a chegar umas onze, onze e meia. Imagina, até essa mulherada toda tomar banho."

As outras vieram logo atrás, em passos largos, decididos. No quarto, Silvana, uma preta sorridente, organizava a fila.

"As de cabelo comprido vão por último. Senão ninguém termina hoje."

Moira seria a primeira. Vivian, loira e encaracolada até a cintura, olhos azuis, deitou-se, enfastiada.

"Até chegar a minha vez, dá até pra tirar uma soneca. Alguém me acorda, por favor?", perguntou numa voz rouca e pausada.

Lá fora, o sol iluminava a enseada, turistas passeavam de barco e mergulhavam com cilindro, alcançando diferentes espécies no fundo do mar. Cada minuto era uma vitória para Isa, uma voltinha na respiração, um salto de obstáculo. Cada minuto a mais, vivido ali, parecia dizer: ei, você sobreviveu. Graças a Deus, graças a Deus, lá estava ela, de pé, junto ao beliche, de cabelos molhados, bermuda e camiseta, pronta para o serviço. Sim, sim, sim... de pé, sorrindo e gesticulando como as outras. Observar Moira dobrando as roupas, acendendo o cigarro, pintando os olhos, acalmava seus batimentos cardíacos, e ela não sabia explicar o porquê. Algo nela a confortava, talvez os grandes olhos negros, bondosos, que acolhiam a todos, os braços musculosos, de lutadora de jiu-jítsu, ou até – quem sabe? –

o sorriso generoso, que exibia todos os dentes numa tacada só, sem reservas. Também poderia ser o fato de Moira já ter uma filha de dez anos. Antes de ir para o salão, Isa fixou-se em suas costas, na tatuagem da fênix, como se pudesse ser amparada por aquele traço tribal.

E lá foram elas, combatentes belas e corajosas, com trajes de verão e prontas para a labuta. Estavam todas de camiseta branca, pois assim havia sido exigido, antes de embarcarem. Era preciso trabalhar de branco.

No salão ao ar livre, os clientes começavam a chegar. Com o avental sobre a roupa, cabelo preso e comanda na mão, Isa concentrou-se em segurar a bandeja com firmeza e não esquecer nenhum pedido. O casal da mesa doze, duas caipirinhas de maracujá e meia dúzia de pastel de camarão. O grupo da mesa seis, duas cervejas e três limonadas com gelo. A família da oito, um guaraná e duas águas.

Uma hora da tarde e o restaurante lotado. As meninas corriam de um lado para o outro tentando dar conta dos pedidos. Na entrada, uma enorme fila de espera. Quando Isa passou com a bandeja carregada em frente ao caixa, levou um susto com o forte jato de espuma lançado sobre sua cabeça. Deslizou na pista e por pouco não deixou a bandeja cair. Tentando equilibrar-se no chão molhado e escorregadio, com as pernas bambas e o coração disparado, ela resolveu parar no meio do salão para decidir como proceder. Os óculos embaçados dificultavam a visão do todo.

Demorou alguns segundos para atinar que o restaurante estava imerso em bolhas de sabão. As garçonetes, encharcadas dos pés à cabeça, tentavam seguir adiante com os pedidos acumulados do horário de pico. Os clientes, protegidos pela cobertura das mesas, se divertiam frente às manobras das garçonetes para se manterem de pé. Dona Lídia, de braços cruzados, atenta às quedas e escorregadas, anotava habilidades no caderninho imaginário. Um senhor de meia-idade, barriga estufada, às gargalhadas junto ao filho adolescente, apontava e ria quando uma garçonete rodopiava com a bandeja na mão. Homens espichavam o pescoço atiçados pela revelação do corpo sob a transparência da roupa.

No esforço para não cair, Isa caminhava com os joelhos dobrados, retardando o passo e as comandas. O volume alto da música, o som abafado dos clientes enchendo o ar, as risadas maliciosas calibradas de vodca e cachaça davam a sensação de que a tarde avançava como um imenso navio, cortando a água escura na sua onipotência marinha e, vindo veloz em sua direção, prestes a engoli-la.

Isa não conseguia conter o tremor nas mãos e nas pernas toda vez que precisava ir à bancada para deixar a comanda. O centro do salão era o mais castigado pela espuma. Ficou impressionada ao ver, à medida que o restaurante enchia, o quanto as meninas pareciam figuras minúsculas naquele ambiente ensaboado. Correndo de um lado para o outro, com a bandeja saturada de pratos e copos, a plasticidade úmida de seu aspecto evocava submersas criaturas em batalhas nas profundezas do mar, chocando-se e emergindo como crustáceos, corais e anêmonas. Por fim, eram lançadas nas correntezas díspares das marés e tentavam segurar-se em alguma lasca de pedra. Entre as figuras marinhas, destacavam-se as mais experientes, capazes de respiração subaquática através das guelras e de dar conta dos pedidos com desenvoltura e fluidez. Vivian e seu corpo hidrodinâmico não ficava atrás de Silvana e Marta, que equilibravam em seus tentáculos o maior número possível de copos e travessas. Amália fazia uma careta vez ou outra e verificava o dedo inchado por debaixo das escamas, sem nunca retardar o passo.

Clara, sentada diante da caixa registradora, permanecia inalterável. Mas era bem dela. Bem da Clara! Nada a perturbava ou surpreendia. Um peixe-bolha conformado em sua massa gelatinosa. Dona Lídia, sem ossos, cérebro ou coração, como uma água-viva, mantinha as mãos na cintura, o pescoço espichado, enquanto observava o desempenho do grupo de meninas.

Então, a máquina de espuma parou. Ah, finalmente! Ao retornar à mesa oito, um cliente embriagado espichou a mão e beliscou a bunda de Isa, que soltou um grito abafado, esquivando-se em seguida. Uma senhora de chapelão, besuntada de filtro solar, olhou para trás e encarou os dois. O homem despistou e acariciou o buldogue aos seus pés. Nesse instante, Isa percebeu que a maioria dos clientes tentava abocanhar alguma parte do corpo das meninas, que se desvencilhavam num meio sorriso. Por que nem Clara nem dona Lídia avisaram desse banho de espuma?

"Oi, querida, pode trazer mais uma bandeja de pastel de camarão?"

"Por que a cerveja ainda não chegou?"

"Mamãe, tô com sede."

"Pai, olha ali. Aquela moça tá pelada."

Moira, novata como ela, de camiseta e calça brancas, exibia o corpo mais do que gostaria, mas não podia interromper o atendimento para se cobrir. Dona Lídia, sentada no balcão e absorvida pelo luto, parecia entregue aos devaneios. Clara reparava no movimento das funcionárias e levantava a sobrancelha para as mais desatentas. O salão transpirava celebridades: apresentadores de programas de TV, âncoras de telejornais, jogadores de futebol, cirurgiões plásticos, modelos, empresários.

Outra vez, Isa foi chamada e correu com os pastéis. Novo jato de espuma. E mais outro. E ainda outro. Tornava-se comum passar por uma garçonete caída no chão. Cada uma se levantava como podia, sem ajuda de ninguém, recolhendo cacos de vidro e restos de comida, de forma ligeira. A queda e os hematomas que ficassem para trás. Era preciso recomeçar sem desnorteio.

Quando o dia terminou, Moira, Isa e Laura mal conseguiam se mover e caminhar até o quarto. As veteranas seguiram sem dificuldade, num rebolado sereno. Mais dois meses assim, nesse ritmo, todos os dias? Deitadas em seus beliches, ocupantes do escuro compartilhado, sonhavam comandas e pedidos esquecidos, ostras e polvos, e gemiam as dores do corpo machucado, antes de adormecerem, exaustas.

Fitou os rostos do beliche da frente. Em cima, Vivian, de pijama listrado vermelho e branco, roncava com a escova de dente esquecida no canto da boca. Era disparado a mais eficiente do salão. Se percebia uma mesa sem atendimento, mesmo não sendo da sua alçada, corria para resolver. Com físico de atleta, coxas grossas de jogadora de vôlei, era capaz de equilibrar um número infinito de copos.

Embaixo estava Laura, a mais jovem do grupo, miúda e retraída, de rosto e pescoço alongado como as figuras de Modigliani. Com a voz pausada, fazia perguntas sobre o cardápio, mas logo se esquecia das respostas. Parecia ter machucado o joelho com os tombos sucessivos infligidos pela máquina de espuma. Não se queixou nenhuma vez. Como nenhuma das outras.

No silêncio da noite, Isa recolhia impressões do dia. Entendia agora a exigência por roupas claras. Deu-se conta de que durante a tarde, ocupada servindo mesas, anotando consumos, esforçando-se para não escorregar e cair, o pânico lhe dera trégua. Ocultadas as luzes e as vozes, o aperto retornava ainda mais forte. Porém, o que mais exasperava e crescia dentro dela, crescia e fervilhava, era uma imagem distorcida, repetindo-se, espetando, obsessiva. O retrato que surgia do fundo da pleura, do mais sombrio recolhimento de ondas, sem espuma, apenas carcaça, era o de dona Lídia. Esse rosto neutro, cinzento e frio feito mármore, matizado pelo luto do marido e indiferença pela humanidade, a constrangia e humilhava. Sem dúvida a esguia viúva sofria, sem dúvida mantinha em segredo um odor de aflição. Entretanto, no vórtice interior, uma penumbra tardia se iluminava. Virou-se de lado, tentando desfazer-se dessa sombra. Um dia que passou e morreu. E, assim, os dias, terroristas infiltrados na noite, finalmente pereceriam, um por um, pouco a pouco.

Mais um dia, banho de espuma, pequenas e grandes quedas. Dessa vez, porém, biquíni por baixo. Para se livrar totalmente do constrangimento, só se arranjasse uma roupa de mergulho. Um senhor calvo, de bigodes espectrais e pescoço duplo, semblante de parlamentar fugitivo, deslizou os dedos engordurados na fênix de Moira. Ela não sorriu. O bigode a convidou para conhecer o seu barco, mas a esposa retornou a tempo, antes de Moira responder. Ainda bem, pois a fênix esboçava uma fúria. Os óculos de Isa totalmente embaçados. O que não a impediu de testemunhar o bigode perseguindo Moira e a prensando contra a parede do banheiro. Campeã de jiu-jítsu, Moira conseguiu se desvencilhar com certa facilidade, mas o homem foi reclamar de seus serviços com a dona. A esquálida viúva continuava sentada em frente ao caixa, observando o movimento. Parecia puxar pelo canudinho do drinque o marido perdido. Ouviu a reclamação do homem e franziu a sobrancelha, retirando sem pressa um fiapo da blusa de linho. Respondeu alguma coisa com voz lenta e cava. Isa cochichou para Moira:

"Fala. Diz o que aconteceu. Posso servir de testemunha. Ele te assediou!"

"Você acha que ela não vê?", disse Moira, humilhada.

Dona Lídia, mergulhada em si mesma, refletia com seus botões. Fingiu interesse quando o homem se acercou para relatar as falhas da funcionária, mas tão logo ele virou as costas, a madame retornou para a máquina de calcular. Ao dirigir sua atenção para o salão, saltava-lhe, frequentemente, uma expressão ressentida. Ora se sentava no banquinho e tomava o seu drinque azul, silenciosa, ora caminhava pela alameda de pedras em direção ao quarto.

Isa sentiu compaixão por ela.

"Morreu de quê?", perguntou, inquieta. Ela detestava pensar na morte, mas, ali, parecia que tudo a evocava. Mesmo a exuberância da Mata Atlântica, a revoada de gaivotas mergulhando perto da praia, os rostos bronzeados, a água cristalina do mar, tudo clamava extinção.

"Acidente de carro", Clara respondeu, sem tirar os olhos da caixa registradora. Exaustas, Moira e Isa se afastaram e caminharam até a praia. Moira acendeu um cigarro e sentou-se no banco de pedra, os pés enfiados na areia molhada. Isa tirou o tênis e sentou-se ao seu lado. As duas viram quando o sol desmoronou e tombou no mar.

Depois de uma semana nessa batida frenética, ossos doloridos e hematomas visíveis, as duas foram convocadas para uma reunião urgente, perto da cozinha. Dura e ríspida, o cabelo preso num coque erguido bem no topo da cabeça e cheirando a lavanda importada, a dona do restaurante disse ter falhado no planejamento orçamentário e avisou que nenhuma das duas poderia continuar.

"Também não será possível nenhuma remuneração", disse Lídia, de cenho franzido e queixo empinado, reconhecendo que chamou mais garçonetes do que o necessário. Em seguida, ela se virou e seguiu pela alameda de pedras, acompanhada do pastor alemão. Moira e Isa permaneceram imóveis. Era o dia trinta de dezembro. Isa ainda teve tempo de pensar que deixara o pai na UTI para viajar a trabalho. Moira mal retornou a si e já se prontificou a arrumar as malas, afastando-se levemente trôpega.

O céu tinha ficado vermelho. Uma ventania súbita levantou as folhas, carregando-as para longe. Isa permaneceu ali. Um incêndio lhe queimou o peito. Um incêndio que subia pelos braços e intoxicava cada fibra muscular. A ilha parecia se estreitar e diminuir de tamanho. A filha da cozinheira surgiu. Dois olhos atentos no período mais arriscado da tarde: entre o lobo e o cão. A mãe, dona Eunice, chegou esbaforida, enxugando as mãos no avental cinzento.

"Ah, se a dona Lídia te pega. Não aprendeu nada?", berrou com a menina.

Soraia encarou Isa com gravidade. Não apontou o dedo para o céu porque não tinha lua, não tinha nada. Descalça, a garotinha deu um passo em sua direção e gritou. No chão, brilhou um estilhaço de vidro. Eunice carregou para dentro a filha que chorava. Sangue nas pedras molhadas.

Era como se todo o pânico tivesse se transformado em íntima desordem. Não, ela não queria pensar assim. Tentou distrair-se dessa exaltação confusa, mas era tarde. Havia entrado em combustão.

As pedras da alameda gemeram, o quarto no fundo do corredor sorriu e Isa deu o primeiro passo. De óculos embaçados, ainda com resquício da espuma de sabão na lente e arrastando a alpargata alagada, caminhou. Não havia ninguém para impedir. Nem o cão.

Atrás da porta de vidro, observou a mulher esguia, a regata revelando os braços finíssimos, um espectro sentado em posição de lótus. Não teve nenhuma compaixão. Com papéis nas mãos e refazendo contas, dona Lídia só percebeu a sua presença quando Isa já estava do lado de dentro, diante de si. Algo brilhava entre os dedos da garçonete.

A mulher levou um susto. Tirou a mão da calculadora e a depositou sobre o coração. O cão abanou o rabo, alegre.

Ele se enganava. Não era uma simples despedida.

Bom dia

Era uma manhã de sexta-feira estonteantemente ensolarada, luminosa, de céu azul, e eu rodava pelo centro da cidade em busca do local ideal para me matar. Protegida pela capa – caso chovesse –, pelo gorro e o cachecol – caso geasse –, pelos óculos escuros – caso algum conhecido surgisse –, eu caminhava atenta, tentando adivinhar maneiras criativas de desaparecer. Se houvesse mar não haveria dúvida. Mirava o chafariz, as esculturas, a torre da igreja, os moradores de rua, o velho com rosto de criança esquecido no banco, a criança com rosto de velha esquecida no sinal, com inquietante curiosidade, como se visse tudo pela primeira vez. Percebia que a ideia de suicídio revigorava a descoberta da cidade. Vasculhava ermos sindicatos, inúmeras secretarias, galerias de fundo obscuro. Uma mulher me entregou um folheto: dona Esmeralda tem a solução para todos os seus problemas, desde afastar maus espíritos até resolver impotência sexual. Você não precisa dizer nada, eu direi tudo. Consultas com hora marcada. Agradeci e observei aquela senhora de saia verde até os joelhos e blusa creme de tricô, cabelos lisos e longos, negros. Seria a própria dona Esmeralda? A filha, a sobrinha, sua irmã? A mulher tinha uma expressão penetrante, de quem está entre o misticismo e a desgraça, o divino e o pântano, e parecia querer dizer mais, talvez dizer tudo, mas afastou-se rapidamente ao vislumbrar o meu sapato gasto.

De preferência, um lugar reservado, sem muita gente, assim um cinema, assim um túnel, um poço, uma catacumba, o fosso da orquestra ou o púlpito do altar, desde que anônimo e silencioso. Por outro lado, o último ato exigia plateia e certa dramaticidade. E já que eu não tinha morada fixa, nenhum fogão para acender o gás, nenhuma janela para voar, seria inevitável a presença do público. Eu havia lutado tanto para sobreviver no último ano e estava tão esgotada fisicamente que não conseguia escolher algo melhor do que os trilhos do metrô. Tinha decidido pela estação Liberdade como procedimento irônico de cunho estético, ou apenas pela sutileza do título, mas a Liberdade estava lotada. Algumas pessoas usavam máscara, outras não. O odor de guioza me deu enjoo. O cheiro forte de yakisoba me deu vertigem. O menchi-katsu aliado ao korokke me expulsou daquele útero de concreto. Decidi pela cidade.

Vi pessoas de chapéu tentando se esconder do sol de inverno. Vi pessoas de cachecol tentando se preservar do vento frio de verão. Em São Paulo, cada estação do ano desnorteia a oponente com seu charme polissêmico. As quatro sílfides cochicham entre si tumultuando o termômetro e alterando as previsões. Ao atravessar a avenida Ipiranga, ouvi o motorista de ônibus lançar um xingamento ao motoboy que catou a palavra no ar, deu um chapéu e a despejou de volta mais trabalhada, não sem antes sair da moto e chutar um cão no caminho, que ganiu pra burro e quase morreu atropelado pelo motorista de ônibus suado e melancólico, grande causador da confusão. E o sinal abriu e a cidade ardeu sua febre gelada. De repente, todos os cachorros latiram. De repente, todas as mulheres se soltaram. Meio-dia. Trombadinhas correram atracados a carteiras e bolsas de grife. Com o abafamento, a tensão aumentava. Prostitutas, pivetes, mocinhas e cafetões estalavam seus chicletes contra o asfalto e se aqueciam experimentando abraços novos.

No vale do Anhangabaú flertei com o viaduto do Chá e com dois drogados. Se eu fosse viciada em crack talvez tivesse alguma chance. Profunda admiração pelos noias. Eles lutam por algo, ainda têm esperança. Do parque avistei a ponte. Acendi um cigarro e mirei a altura. Cartão-postal da cidade e suicidório municipal, a passarela promove aventuras e esbarros com seu grande arco, que se estende sobre o parque adjacente, local de comícios, manifestações, conluios, finais de Copa do Mundo, shows e toda a sorte de espetáculo. Passaporte para o último ato, a obra era de útil eficiência tanto para os vivos quanto para os mortos futuros. No subsolo, ainda corria o rio Anhangabaú, ou água dos maus espíritos, em tupi. Longa travessia.

Há dez anos, Larissa, uma amiga de colégio, havia se jogado ali de cima. Tinha vinte e cinco anos. Morreu na hora comprovando a eficácia do local. Vivian, por exemplo, largou o filho recém-nascido no colo da mãe, correu para a sala e se jogou do quarto andar do seu prédio no Bom Retiro, mas ainda assim sobreviveu. Verinha, mesmo se enforcando no playground do edifício, permaneceu dias e noites em agonia antes de chegar a óbito. Suzana quase teve uma overdose de tarja preta com uísque, mas hoje está casada. O viaduto, não. Tiro e queda. Na hora exata, nem um segundo a mais. Eficiência, meu filho. Eficiência.

Passei a vida acreditando que o meu tio Felício, considerado o mais brilhante da família, havia se matado no mar, mas meu pai descobriu, cinquenta anos depois, que ele simplesmente morrera afogado. Não há nenhuma tendência hereditária a não ser que a crença cultivada possua valor subliminar. Palavras, enredos, ficções. Qual a intensidade da mentira na formação cognitiva? Suicídio ou afogamento? Mais sedutor acreditar na decisão do que no acaso. O suicídio carrega em seu grau silencioso o signo máximo de potência. E a ausência do corpo afogado, para sempre ocultado pelas marés, submerso e intocável, confere grandiosidade ao morto.

Ao esmagar a bituca na sola e expirar aquela que poderia ser a última tragada da minha vida, um senhor baixo, de camisa azul-marinho e colete vermelho, me agarrou pelo braço.

“Diz logo, garota. Onde está Oswaldo?”

Espantada, fitei aqueles olhos calvos. Ele repetiu a pergunta antes de me puxar para perto do chafariz. Era um senhor elegante, forte, escanhoado, portador de velhice enérgica, que esbanjava perfume atemporal. Talvez fosse o escolhido. Sim, a pessoa certa. Fiquei encarando aquele homem, tentando adivinhar que reação teria caso o intimasse.

"Oswaldo?"

"Oswaldo, sim, sua sonsa. Onde você escondeu?"

O homem me empurrava para dentro de uma lanchonete na rua Barão de Itapetininga. Boteco sujo, com ovo rosa na vitrine e um papagaio que repetia os pedidos dos clientes.

"Olha aqui, meu senhor. Não conheço nenhum Oswaldo. O senhor está me confundindo. Me solta, por favor."

"Vem aqui. Eu vou te mostrar."

Ele me empurrou para os fundos, perto do banheiro, bem em frente à imagem de uma santa, num altar improvisado, rodeada por aroma insuportável de mijo e fezes. Eu, que ainda não tinha comido nada, mal me mantinha em pé.

"Tá vendo?"

"Tô."

"Quem é?"

"Não sei."

"Como não sabe, herege?"

"Nossa Senhora?"

"Qual?"

"Das Aflições?"

"Não. Olha direito."

"Auxiliadora?"

"Última chance."

"De Fátima?"

"E o que ela tá dizendo?"

Nesse instante, ouvi uma senhora gritar por trás do balcão.

"Oswaldo!"

O senhor se virou. Eu me virei. Então era ele o tal Oswaldo?

"Puxa, meu senhor. Tenha dó. Que trabalheira enorme por uma piada! O senhor não tem vergonha? Sabe, estou ocupada. Ocupadíssima. Pra que fazer isso, Oswaldo?"

"Meu nome não é Oswaldo."

"Mas essa senhora te chamou agorinha mesmo."

"Quem?"

"Aquela ali, de avental, esfregando as mãos no avental. De costas pra cá."

"Dirce? Mas ela não falou nada. Foi a santa!"

Mirei espantada as suas pupilas sobrenaturais. Negras, enormes, assombreadas por densas sobrancelhas de Lúcifer. Mas não pareciam pupilas insanas.

"A santa chamou, entende? Olha de novo. Escuta."

Eu me virei novamente para a imagem de Nossa Senhora de Fátima. E mais uma vez ouvi a voz de Dirce atrás de mim, a voz acesa e tão humana de Dirce chamando, dando ordem, uma voz engordurada de cansaço, e firme, e solicitante, a voz da mulher do balcão.

"Oswaldo!"

Corri daquele boteco aos tropeços, só doido no caminho, com certeza armação. Algum golpe planejado pelo homem e pela mulher para pescar otário. Comigo não, jacaré. Tenho pena de velho? Que nada! E o mutreteiro já no meu encalço, me seguindo esbaforido, mancando de uma perna, se eu não fosse tabagista, ganhava. O velho se jogou na minha frente, barrando a passagem.

"Viu? Eu sabia que Fátima ia falar com você."

Naquele instante, por cima do seu ombro, vi no parque, perto da escadaria, uma pequena multidão se formando ao redor de algo. Uma ambulância ecoou ao fundo, seguida do Corpo de Bombeiros, alguém gritou sobre um corpo. Um homem tinha se atirado do viaduto. O senhor de colete vermelho, monotemático, empenhado em sua busca, não percebia o movimento ao redor e aguardava.

"Ok, meu senhor. Vamos procurar Oswaldo."

Ele não apenas não se surpreendeu com a minha resposta como não demonstrou qualquer reação. Primeiro, quis ir até a Praça da República procurar Oswaldo entre os noias. Rodamos em sentido anti-horário duas vezes, descemos as escadas e entramos na estação. Perguntei por que ele não ia até os guardas ou a polícia. Ele me devolveu um olhar magoado. Permanecemos em silêncio circulando entre ruas e avenidas, becos e bares, cinemas e galerias. Ele me pediu para irmos ao Teatro Municipal. Dizia que Oswaldo podia ter se escondido na plateia, já que adorava concertos musicais. Depois de resolver esse lance do Oswaldo eu iria pedir. Seria justo. Uma espécie de escambo. Resolvi me apresentar antes de mais nada, afinal ele me faria um grande favor, o maior de todos.

"Glória, prazer."

"É uma piada?"

"Não. É o meu nome."

"Glória não é nome, é elogio."

"E qual o problema?"

"Estranho. Sua mãe é estranha."

"Foi meu avô que escolheu. E o seu?"

"Sebastião."

"Sebastião não é elogio."

"Não. Pessoa tola."

"O quê?"

"O nome. Ao menos é o que a internet diz."

"Mas e o santo? São Sebastião, padroeiro do Rio de Janeiro."

"Que lástima, hein? Obrigado por lembrar. E você? Teve alguma?"

"O quê?"

"Glória."

"Quem sabe?"

Tentamos entrar no teatro, mas o segurança não permitiu. Revoltado, Sebastião gritou o nome de Oswaldo com tanta força que fomos expulsos.

De volta ao Vale. Às vezes, o velho parava e gritava o nome do desaparecido. Parecia perdido, perdido. Ergueu os olhos para o céu e disse "Olha lá!", mas era só um passarinho no meio da fumaça. Em seguida, perguntou-me se eu não estava com fome. Aceitei quando me convidou para almoçar no seu apartamento, ali perto. Ele morava em um conjunto habitacional criado para abrigar artistas idosos. Esquentou num fogãozinho elétrico uma sobra de macarrão com salsicha e dividiu a gororoba em dois pratos de vidro lascado. Dispôs tudo em uma pequena mesa de armar. Suco de caju no copo de requeijão. E me contou que morava ali há sete anos.

"Sabe, sou de uma época em que ser artista era um ato de resistência. A arte era muito perseguida."

"Não é mais?"

"Ainda é, mas agora é diferente, todo mundo quer ser ator. Na década de sessenta ser artista era algo marginal."

"Você ainda atua?"

"Tô vivo, não tô?

Silêncio. Acabei com o suco.

"A gente ensaia aqui no Palacete, mas quando o salão fica reservado pra outro grupo, a gente repassa as cenas na praça. O espetáculo vai ser uma espécie de cabaré. Tem vários números musicais. Você vai gostar, os atores são excelentes, cantam, dançam, interpretam. São muito tarimbados. Você conhece o Oswaldo, um artista completo. Depois vamos fazer uma temporada na Roosevelt."

"Deve ser bom."

"O quê?"

"Ser ator."

"Vou te convidar pra estreia, tá bom? Não pode faltar, tem pouco convite."

"Vamos ver."

"Quero mostrar que ainda sou capaz de fazer o público rir e se emocionar, entende?"

"E qual é a sensação?"

"Não sei explicar. É um troço danado, uma eletricidade, meu corpo inteiro vibra. Eu me sinto vivo, sabe? Quero dizer, é claro que a gente está aqui, conversando, mas isso não é tudo... Fora de cena é um fantasma que fala. Você sente isso?"

"O quê?"

"Essa pulsação."

"Às vezes."

"Quando?"

"Quando eu fumo."

"Você só se sente viva quando fuma?"

"Quando eu acendo o cigarro. E a chama arde na ponta. Eu puxo a fumaça com força pra dentro e ela me aquece. Depois a aspiro no ar. Ela sai meio tonta, mas voa. E desaparece."

"Você gosta é de respirar, isso sim."

"Não. Eu gosto de inalar fumaça. E ver o contorno morrer."

Caminhei até a porta, mas antes de sair me voltei para ele.

"Sebastião, você me faria um favor?"

"Depende."

"É só uma ajudinha."

"Com Oswaldo?"

"Oswaldo?"

"Você vai me dizer onde ele está?", o homem perguntou, esperançoso.

"Mas eu não sei."

"Ele tem lá suas amizades, estou careca de saber, mas isso não importa agora. Eu só quero encontrar meu parceiro. Eles dizem que eu não tenho condição de cuidar do Oswaldo, mas eu tenho. Sou perfeitamente capaz. Posso andar meio esquecido, mas não estou gagá. Me promete uma coisa?"

"O quê?"

"Se você encontrar o Oswaldo, você traz ele de volta pra mim?"

"Mas eu nem conheço o Oswaldo..."

"Promete?"

"Bom."

"Ou não é capaz de jurar?"

"Prometo."

"Está bem. Eu confio na sua palavra."

"Preciso que o senhor me empurre."

"Não precisava ser assim, não quero forçar nada."

"Da plataforma."

"Mas é que eu prefiro dividir a cena com ele, sabe? Somos um duo. E nem me fale em substituição. Seria um golpe pra mim. Sem Oswaldo, eu não vou conseguir subir."

"Ou lá de cima, do viaduto. Tanto faz. É só me empurrar."

"Empurrar?"

"É só uma ajudinha. Pra ser mais fácil. Pra ser de uma vez. Sem hesitação."

"Não. Prefiro esperar. Ele só saiu pra passear. Tem muito medo da polícia, dos militares, a cidade está rodeada, não é mesmo? Não podemos vacilar. É uma época estranha. Ele não deve demorar, não convém. Ele é um serzinho teimoso, mas tem medo."

"Se ele tem medo, ele volta."

"Ninguém desaparece assim, sem mais nem menos, não é?"

Na rua, já estava frio. Um vento gelado percorreu todo o meu corpo. Caminhei até o Vale e a multidão já tinha se dispersado. O céu escurecia com avidez, assombrando os vivos no seu tom violáceo. No parque, algumas pessoas ainda falavam sobre o velho que havia se jogado lá de cima. Antes de subir no viaduto, vi, na Praça Ramos de Azevedo, um grupo teatral ensaiando uma cena, perto da Fonte dos Desejos. Um senhor idoso, de terno azul, tocava acordeão. Uma senhora magrinha, que parecia a Dirce, a atendente do boteco, surgiu detrás do Monumento a Carlos Gomes se equilibrando na ponta dos pés numa sapatilha imunda. Ela girava sem parar, ao lado do maestro, com os braços em arco. Uma mulher de cabelos brancos e longos, com uma camisola comprida, dançava descalça, como uma sonâmbula, ao redor do índio Peri. No outro canto, perto da palmeira, um velho cego cantava, com o cachorro ao lado. A canção parecia entoada em outra língua, um dialeto de um povo muito antigo, tão distante quanto inalcançável, numa voz tão fraca, que a cada sílaba parecia se desmanchar.

Começou a chover, mas o ensaio continuou. Dirce desceu a escadaria e declamou um poema, o senhor do acordeão repetiu o trecho de algum clássico grego. A sonâmbula aumentou o ritmo da dança, e o cantor, o vigor das notas. O grupo se aproximou da fonte. Em bronze, no centro da cena, três cavalos alados arrastavam a Glória do Brasil através dos oceanos. Conforme a chuva engrossava, os pés moviam-se com mais energia, numa cadência obstinada. E, entre um passo e outro, as mulheres se banharam na fonte, chutando a água, que revidava em ondas, travando um embate furioso contra a correnteza. As mãos erguidas, como as de um afogado, imploravam aos céus por uma trégua, mas também pediam vingança. Suas figuras encharcadas ecoavam na noite como um submerso bailado fantasma, criando uma atmosfera apocalíptica.

Aos poucos, o acordeão diminuiu a intensidade e as mulheres pararam de se mover. Com um desolado aspecto de monstro marinho, o cantor voltou-se em minha direção e os seus olhos brancos brilharam no escuro. De cartola e gravatinha borboleta, o poodle latiu para o alto, indignado.

Então o cego gritou o seu nome.

O amor embaixo da porta

Antes de abrir os olhos, ainda deitada, a cobrança. Hoje ela teria que trepar com o marido, não havia como escapar. Quanto tempo fazia? Uma semana ou mais? Ela esticou os braços pra cima, cruzou as mãos lá no alto e soltou um gemido quase inaudível. Virou-se para o lado tentando não fazer barulho. Respirou fundo, sem ruído, lentamente. Então, abriu os olhos. Ninguém. Deslizou a mão no lençol amarrotado em agradecimento. Espreguiçou-se languidamente, repetiu o gesto dos braços, dessa vez soltando um gemido profundo, vigoroso. Pelo silêncio da casa, adivinhou o marido ausente, talvez ocupado nas compras para o café da manhã, como costumava fazer aos sábados. Quanto tempo ela teria? Da janela, uma luz fria, acinzentada, resistia sob o céu de inverno, difundindo-se, matreira, sobre o quarto. Amava-o?

Sim, provavelmente sim. Ele era um homem bom, inteligente, culto, tinha senso de humor. E o mais importante, ele a amava. Carlos não apenas expressava o seu amor em palavras, mas o demonstrava nas atitudes do dia a dia. Por exemplo, ele a ouvia. E a ouvia com interesse, prestando atenção de verdade, achando graça das suas tiradas, se divertindo com seus deslizes e encontrando o termo que escapava. Quantas vezes, mais tarde, ele não relembrou frases, expressões suas, citando-a na roda de amigos como fonte segura, autoridade no assunto. Em diversas ocasiões teve a oportunidade de flagrar o marido reproduzindo o que dissera. Ele a admirava e torcia por ela. Na lida diária, estimulava o seu espírito inquieto, curioso, apoiava a sua carreira acadêmica, ouvindo divagações científicas maçantes. Finalmente, depois de tantos anos, ela sentia-se acolhida e amparada.

Nesse instante, o telefone tocou, mas preferiu não atender. Esticou-se na cama, abriu os braços e deixou-se ficar assim, largada, entregue, sonolenta. Se a mãe simpatizava com Carlos, o padrasto implicava. Feminino demais, nunca vi um homem rebolar tanto pra caminhar, dizia o gaúcho raiz. A mãe se divertia com o jeito bronco do marido. E ela não ligava, sempre gostou de homens delicados e rebolativos.

O toque insistiu por algum tempo, até parar completamente. Primeiro, o alívio. Não precisava concatenar ideias, formar frases, fingir ânimo, empostar a voz para se mostrar participante das atribulações do dia. Não responder e não perguntar; velha ambição. Então, o nada. Nenhum som, nenhuma perturbação, nenhum apelo exterior. Arrependeu-se. Podia ser Carlos do outro lado da linha, bambo e angustiado entre frutas e laticínios, pães e conservas, querendo saber o que levar, o que faltava na despensa, se a mulher tinha muita ou pouca fome. Era bem típico dele. Sim, bem dele. O desejo de acertar nos detalhes, de não deixar faltar nada. Embora precisasse tanto dessa quietude, desse entreato, ela lamentou não ter atendido a ligação.

Com vagar, levantou-se, se arrastou em direção ao banheiro e ligou a torneira. Deixou a água quente cair sobre as costas até o vapor embaçar seu reflexo no espelho. Tão bom sentir essa ardência na pele, submergir na fumaça, desaparecer por instantes. Abriu as pernas e deixou o sangue escorrer livremente na água. Assistia ao espetáculo com certo orgulho. Sangrar era a sua consagração. Desde o primeiro ciclo, tão desejado quanto tardio, a correnteza escarlate a fascinava. Era um animal, uma vândala. Senhora de uma carnificina íntima. Enquanto o vermelhaço se esvaía no chão de pedra, ela tocou-se devagar. O desejo aumentava no período menstrual e pensou no homem do apartamento ao lado. Esse homem tinha uma filha doente. E uma esposa jovem demais pra ser mãe dessa filha doente. Esse homem, esse vizinho magro e descabelado, não parecia ser uma pessoa confiável, ela não devia pedir açúcar para o vizinho do apartamento ao lado. Nem para a sua filha. Nem para a esposa novinha e peituda. Apesar do hálito etílico e da cara amassada, de quem não dormia uma noite inteira havia séculos, o homem tinha um porte atraente e um olhar andaime, de operário de construção, baixo orçamento. Pensou nesse homem que a mirava de soslaio, fumando sua palha ordinária na varanda, metido numa cueca folgada, enquanto circulava os dedos num ritmo cadenciado e rigoroso. Pensou na esposa dele, a adolescente roliça de pele oleosa. Os dois tão próximos no elevador, ela e suas verduras da feira, os observando do outro lado, o trio mudo, o peito subindo e descendo, resfolegante, o corpo dele se chocando contra o dela enquanto a luz nos andares piscava, subindo, subindo. Seus corpos ascendentes. As verduras inchadas. Os três se deslocando verticalmente no espaço. Ansiando alturas. Em íntima progressão. A porta abriu-se e a escuridão do hall os tragou. Soltou um gemido seco e fechou a torneira.

Depois de secar-se, vestiu o roupão azul e caminhou pelo apartamento, imaginando-se a única habitante, uma aventureira do nono andar, livre, com o fim de semana inteiro pela frente, sem marido, sem filhos, sem bichinho de estimação. Na sala, o mormaço da manhã aquecia timidamente seus pés. Desejava apenas isto: se perder neste sábado, sozinha e descalça, serena, desavisada. Prometeu a si mesma manter o celular no silencioso, não retornar chamadas nem responder e-mails.

Carlos conhecia o rito matinal da mulher e costumava observá-la, intrigado. Ela parecia recolher do sono o fruto resistente, que seria triturado aos poucos, no decorrer do dia, até se desvanecer, sem deixar nenhum vestígio. Ainda que o fim espreitasse desde o início, a semente noturna brotaria.

Da ampla janela da sala, gritava a artéria monumental da cidade, a avenida Nove de Julho. Pegou os óculos escuros para encarar de frente as pernas abertas da avenida e seus seis quilômetros de extensão. Carros, ônibus e caminhões jorravam num afluxo intenso sob o viaduto, em direção ao túnel. Em outro tempo, dois rios corriam ali embaixo. Ela desceu a persiana numa espécie de vertigem. A liberdade da cidade a esmagava.

Abriu a geladeira e só encontrou cadáver. Na pia, a louça suja do jantar. Será que o telefone tocaria de novo? Entrou no escritório aflita para responder e-mails. E ainda não passava das dez da manhã. Ficou ali dentro o suficiente para perceber que a demora do marido a angustiava. Saiu do escritório arrastando as pernas esguias, que de tão brancas pareciam sobrenaturais.

Sentada no sofá da sala, constrangida entre os móveis que não eram seus, folheou o jornal. Folheou, folheou. Se tivesse escolhido o mobiliário, o espaço não teria essa aparência de sala de espera. A sogra o escolhera, certeza, aquela cerâmica, por exemplo, era a cara de dona Nelma, apesar do marido negar. Ela se mudara para o apartamento dele por vontade própria, mas, às vezes, os cômodos troçavam de sua passagem. E a leveza morna da manhã foi sombreada por um prenúncio amargo. Alguém parecia lhe arrancar o jornal das mãos com violência. Ouviu o som das horas como um tapa no rosto, levando consigo o sábado, o sofá, a parede. Nada era dela.

A demora de Carlos.

Largou o jornal sobre a mesa de centro e foi até a vitrola (sim, eles ainda escutavam discos de vinil): nada que Sidney Bechet e seu clarinete não pudessem apaziguar. Deslizou entre os móveis de dona Nelma com passos miúdos de jazz, manteve-se a uma distância segura da janela e acendeu a bagana esquecida no cinzeiro. Quando tragou, uma brisa leve, suave, tocou-lhe com a ponta dos dedos, afastando qualquer presságio. Alterada pelo fumo, ela rodopiou na ponta dos pés como se levitasse.

Amava. A persiana estragada, a visão turbulenta da avenida, o som do trânsito, a languidez elétrica da cidade, a expectativa do café da manhã. As ruas forjavam manifestos, os automóveis buzinavam sua pressa, na entrada do Masp acolhiam-se novas bandeiras e os viadutos carregavam torcidas para o campeonato da tarde. Havia ainda os ruídos do prédio, as brigas da família portuguesa no andar de cima, o soluço tímido do tenor duas oitavas abaixo, a tosse intermitente do velho zelador, os gemidos deliciosos do casal ao lado. Tudo isso alternando-se com as derrapadas de veículos e os alarmes de ambulância. Essa a vida que escolhera. Na babel descontrolada, o casamento e o emprego eram conquistas reais.

E onde estaria Carlos? Por que ela não atendera o telefone? Sentiu um leve enjoo por ter fumado o baseado em jejum. Abriu a persiana. O clarinete de Bechet ainda soava da vitrola, incentivando desatinos. Ela teve vontade de sair para visitar velhos amigos e comemorar a existência, cada minuto em que permanecia viva. Lembrou-se, porém, de uma pendência. Hoje à noite, sem adiamento, ela precisava trepar com o marido. Se não o fizesse, seria o início de uma crise. Carlos estava no limite.

Ela não compreendia a própria falta de desejo. Abriu a pequena adega e encarou o seu interior. A tequila bem podia ser a aliada da noite. Ou a cachaça. Uísque era preferível a cerveja, acendia e não empanturrava, mas tinha acabado e custava uma fortuna. A dor de cabeça provocada pelo vinho tinto não compensaria o fogo. Puxou a garrafa de rum. Se o destilado encorajava piratas, por que não? Tomou um gole e o ardor na garganta fez seus olhos lacrimejarem. Se o efeito fosse afrodisíaco, a queimação não seria impedimento. Para garantir uma semana pacífica era indispensável algum sacrifício. Além de ótima companhia, Carlos daria um excelente pai. O marido ansiava pela gravidez e cobrava. A família no encalço. Todos pareciam bem animados.

Ela gostava de estar casada, de vê-lo regar as plantas ao alvorecer, da sua concentração musical, de chegar em casa e o encontrar na cozinha, com a camiseta puída do Scorpions, picando a couve, um dos pés apoiado na perna. Até ouvir seus resmungos durante o noticiário a confortava. Além do que, ninguém tinha sido tão fascinado por suas escápulas quanto Carlos. Até ela mesma passou a admirar os ossos proeminentes. Seu corpo fora inteiramente descoberto.

Ainda no primeiro ano de casamento, depois de um porre violento na festa da firma, só em casa ela percebeu o sumiço da jaqueta nova, presenteada pelo marido. Aos pés da latrina, engrolou a novidade aos brados, engasgando-se, sendo logo carregada para o covil da cama.

De manhã, remelenta e renegada, abriu a porta do quarto e tropeçou num embrulho. Lá dentro estava uma outra jaqueta brim, recém-comprada, virgem. O amor em jeans. O amor embaixo da porta.

Checou de novo o celular. Nada. Nenhuma mensagem. Ligou mais uma vez, o celular do marido continuava desligado. Desativou o modo silencioso e escolheu o toque de "ascensão lenta" deixando no volume máximo. Em seguida, averiguou se o telefone fixo estava fora do gancho. Não estava. Cinco para o meio-dia. Será que tinha acontecido alguma coisa?

Lembrou-se da frase repetida por seu pai a vida inteira: "notícia ruim chega rápido", e se atracou ao interminável romance alemão. Algumas páginas e goles de rum mais tarde e adormecia no sofá. Acordou assustada no apartamento vazio. O sol desaparecia sob o viaduto. Ouviu as batidas do coração e teve um baque. A Nove de Julho lhe incendiava as artérias, abrindo um rombo onde antes havia asfalto, colapsando o sistema viário da cidade interior. Sentiu-se a mulher mais solitária da metrópole. Tão só que se ergueu espantada. O medo quase a sufocou. Uma tristeza tão ampla que não cabia na sala. Correu para o quarto. Suor frio. Taquicardia. O celular sem notificações.

Nesse instante, a falta de desejo pelo marido lhe pareceu mesquinha. O que isso importava diante da ausência da sua figura integral? O apartamento mostrava-se implacável como um náufrago morrendo de sede rodeado pela água do mar. Os transeuntes lá embaixo, perdidos, perdidos. Indo e voltando de um lugar incerto para outro improvável. O que seria dali para frente sem os braços fortes para amparar a queda? Doeu tão fundo o afastamento do marido que temeu não suportar a espera.

Seguiu até a cozinha e estacou diante do fogão. Era urgente acender o fogo, cozinhar alguma coisa, motivar a casa, incentivar a bancada, angariar panelas. Na fruteira, as bananas murchavam. Pegou uma e descascou. Ficou assim, descalça e perplexa, mastigando a banana em pé. Se ao menos. Vai quê. Poderia ligar para dona Nelma. Não, melhor não. Iria alarmar a sogra, que se despencaria de Guarulhos pra chegar em uma hora, esbaforida e tagarela. Mais acertado ligar para a polícia. Para o necrotério. Para o IML. Mesmo com a porta aberta, a geladeira não indicava nenhuma solução razoável. E ela, incapaz de completar um pensamento, encarava os moribundos inquilinos como se pudesse ressuscitá-los com suas súplicas.

Restos de carne assada, meio filé de frango, um suflê de legumes queimado. Aprendeu a fazer esse suflê com dona Nelma, mas não ficou bom. O cheiro azedo, de onde vinha? Seria o queijo? Mas ele não foi feito para durar? Fechou a geladeira com o queijo podre lá dentro, muito difícil recolher defuntos agora. Além do que, ela não tinha habilidade para distinguir os alimentos estragados dos que não estavam estragados, alguns deles, inclusive, a enganavam. Tem coisa que a gente acha que está ruim e está boa. Carlos, não. Ele tinha talento para distinguir os vivos dos mortos. Distraiu-se com uma mancha no assoalho. Parecia um leão. E esse leão ria dela, ria do seu medo, da sua angústia, da banana e até do roupão azul. Dali pra frente, ela teria que arcar com as consequências sozinha, teria que aprender a lidar com as manchas do assoalho, o leão, a jogar fora os alimentos estragados, a se virar com as plantas, com o sábado, a semana, os anos, os séculos.

Exausta com a árida perspectiva de futuro, ela decidiu interfonar para o porteiro. Foi quando avistou, ao lado do aparelho, uma lagartixa que devorava a mariposa. Com a cabeça tragada pelo lagarto, só restava ao pobre inseto, debater as asas, recobertas por escamas, até cessar o movimento e alternar espasmos regulares.

A cena a violentou. Como se já não bastasse, ainda precisava testemunhar um estraçalhar de bruxa? Quis correr, fugir, esquecer que carregava nas vísceras, o impulso predador de bicho, o traço homicida que despejava por detrás da máscara, um veneno aniquilador de asas.

Então, o elevador deu um estalo. Alguns segundos e a porta abriu-se.

Carlos entrou carregando uma mochila pesada e, distraído, ainda sem notar a presença da mulher, fechou a porta atrás de si, numa calma ultrajante. Ela irrompeu da cozinha e atirou-se em seus braços como se avistasse a terra natal depois de anos de exílio.

"O que foi, meu amor?", Carlos perguntou, sem entender.

"Por que você sumiu?"

"Eu sumi? Como assim?"

"Sim, meu bem. Você sumiu o dia inteiro e ainda deixou o celular desligado. Saiu pra comprar o café da manhã e nunca mais voltou", desabafou, esforçando-se para conter as lágrimas que já tremiam sobre os cílios.

Carlos sorriu do jeito da mulher. Ele a abraçou caloroso, abrindo as mãos de um modo que pudesse acolher todo aquele pânico com seu corpo inteiro. O rosto úmido da esposa sumiu no enlace.

"Amor, eu não saí pra comprar o café da manhã, eu estava no ensaio, esqueceu?"

Carlos arrancou os sapatos, jogou o casaco no encosto da cadeira e, antes de despencar no sofá, retirou o clarinete da mochila. De repente, a densa nuvem que a sobrevoava se afastou para longe, levando consigo todo o peso. Sim, sim, mas é claro. Como ela podia ter se esquecido? Há alguns dias, Carlos lhe avisara dos ensaios para o novo show. Lembrou-se, inclusive, da alegria que sentiu ao saber das manhãs livres de sábado, totalmente livres, durante o mês de maio.

O seu aspecto sombrio desfez-se em uma expressão aliviada e sem querer sorriu para o clarinete deitado ao lado do marido. Carlos bocejava com o controle remoto na mão, ansioso pelo resultado do jogo. Estava tão grata por tê-lo ali de volta, são e salvo, que até esqueceu-se do massacre presenciado há pouco na cozinha. E da fome.

Então, ele seguiu para o banheiro e tomou a sua clássica chuveirada, tamborilando nas paredes e assobiando. Pediram o jantar por telefone e se acabaram no frango com polenta. Ele acendeu uma ponta e abriu uma cerveja em lata. Ela acendeu um cigarro, enquanto o observava, recostado no sofá, trocando os canais. Sentia-se plena, segura, em casa e até os móveis de dona Nelma pareciam acolhedores.

Os dois assistiram a um faroeste e repassaram o dia, contando uma novidade aqui, suprimindo um detalhe ali e perguntando a opinião do outro sobre algum impasse.

Na cama, antes de apagar a luz do abajur para dormir, no entanto, ela teve tempo de ver os pés redondos e peludos do marido, pousados na extremidade. E a lembrança da lagartixa devoradora de voos noturnos voltou à memória. Ele a abraçou por trás e beijou seu pescoço crispado. Ela tentou pensar no vizinho maconheiro e na novinha peituda, mas o hálito do marido melava o sonho. E novamente sentiu-se tragada por um desprezo e uma impaciência aterrorizantes.

Não olha agora

Não olha agora. *Ele* está vindo pra cá. Respira. Não se vira ainda. Eu te aviso quando der pra olhar, tá bom? Ah, *ele* parou pra falar com alguém. Talvez seja um amigo. Sim, é um amigo. Os dois estão rindo, animados. O amigo até colocou a mão no ombro do homem. E o homem colocou a mão na nuca do amigo. Puxou pra perto. Rolou um encontro de testas. Parece que *ele* está dando uma bronca no sujeito, passando um sabão de mentirinha, sabe aquela coisa? Brincando, brincando e dizendo as maiores verdades? Pois é. Só que. Hum. Espera. O caldo entornou. O amigo sentiu a ferroada. Está encarando enfezado. Ficou sério o negócio. Aquela animação inicial deu lugar ao rancor. Parece que vai demorar, viu? *Ele* ficou grave, de repente. Franziu o cenho e cruzou os braços. O amigo, magoadíssimo, se afastou. Já vi que *ele* é daqueles que acha que a honestidade é a maior virtude humana. Sei não. Um assassino diz que vai matar e mata. Ué, ele foi honesto, não foi? O quê? Claro que sim, pode contar comigo hoje. Se prefere que eu acompanhe vocês, eu vou sem problemas. Não precisa encanar com isso agora, estamos num local seguro, público. E mesmo mais tarde, quando estivermos sós, são duas mulheres contra um. *Ele* acendeu um cigarro. Ué, você vai acender um também? Não tinha parado? Toma aqui. Só tenho fósforo. *Ele* traga bonito, né? Não precisa olhar. Sabe aquele jeito de segurar o cigarro entre o polegar e o indicador, como se estivesse fumando um baseado? Então, *ele* segura assim. Caramba, você está fazendo igualzinho, a mesma expressão no olhar, focando de baixo pra cima. A única diferença é que *ele* solta a fumaça com mais energia. Isso, exatamente. Pronto, agora vocês são praticamente sósias. Não, sem círculos. É uma baforada decidida, em linha reta. Agora *ele* está parado, sozinho, tragando e refletindo. Iiih, o amigo está voltando com rottweiler e tudo. Iiih, cercou o cara. Não, espera. Achei que ia dar pau, mas deu covinha. Sério. *Ele* sorriu e apareceu uma do lado esquerdo. Não. Órfã. Certeza, é filha única, estou vendo daqui. O que você queria? Uma overdose de covinhas? Os dois se abraçaram. Bonito. O rottweiler até se sentou pra assistir a essa demonstração de afeto. Amizade é isso, briga, abraça, desiste, volta, perdoa. Que enlace efusivo, apertado, as veias do pescoço saltadas, parecendo raízes. Não, estão mais pra raízes aquáticas do que terrestres, umas radículas sugadoras, trilhando caminhos diversos, se ramificando de um lado pro outro, se atracando, se digladiando. Inclusive, *ele* está ficando vermelho. Não olha agora. Espera. *Ele* está roxo. Não é mais abraço, não. Virou uma outra coisa. Caramba. Eles são agressivos, né? Calma, estou te contando tudo. Não precisa se levantar. O amigo soltou o braço. Curte aí o seu cigarro, a sua cerveja, que logo, logo, *ele* vem.

Não, *ele* não está olhando pra cá. Por que você está chorando? Essa música? Tem certeza que você está chorando com uma canção do Tom Waits? Fiquei preocupada. Nunca vi alguém chorar com Tom Waits. E Nick Cave? Também te emociona? Ei. Se liga, minha filha. Enxuga essas lágrimas com o guardanapo. *Ele* está vindo. Sério. Verdade. *Ele* empurrou o amigo, xingou, cuspiu – uma cuspida amena, meio torta, minguada, mas deu – e está caminhando em sua direção, puto da vida. Melhor não olhar. Amassou a bituca com violência na sola do tênis. Esfregou as mãos. Enfiou no bolso da jaqueta. As mãos, não a bituca. Acho que é verde-musgo. Ou verde-militar. Não, não é militar. Calma. A jaqueta é verde-musgo, não tem nada de bélico ali. Bem perto. Chegando. Ah! Uma mulher o puxou. Oh, que pena. Justo agora. Puxa, vida. Sei lá de onde surgiu essa criatura. Apareceu do nada e segurou o braço do homem. Não sei mais, um urso-polar entrou na frente, não consigo enxergar. Minha única dúvida é se era uma mulher ou se era uma criança. Se for uma mulher é pequena, pequenininha, não se preocupa, é minúscula. Mas pode ser uma criança também. Pronto. O gigante saiu da frente. Ué, cadê? Sumiu. *Ele* estava bem ali, encostado na palmeira, ao lado do palhaço sanfoneiro. Como alguém pode desaparecer assim? Não olha agora, mas *ele* está bem aqui. Aqui, atrás da mesa, conversando com a ruiva de vestido preto. Quer dizer, a criança de vestido preto. Não sei, não consigo definir essa pessoa, mas acho que aquilo é um... Peito. Dois. Enormes. É. Nossa, agora que ela se virou, está de parabéns. *Ele* não está encarando nem os peitos nem a mulher. Engraçado, *ele* está concentrado em outra coisa. Ah, o pipoqueiro está bem no caminho. Saiu. Acho que é no cão. O rottweiler do amigo. O cachorro é maior do que a mulher, tem um porte intimidador, mas seus olhos são doces. O bicho caminha devagar em sua direção. Não a sua, a do homem. *Ele* até largou a ruiva. Não, minha filha. Ela não é uma criança. Não dá pra ser uma garotinha com aqueles peitos. De qualquer forma, é preciso registrar que *ele* abandonou as mamas em prol do rottweiler. O cão, agradecido pela preferência, está lambendo a mão do homem. Belo encontro. O homem está agachado, farejando o cachorro. O cachorro está sentado, inclinando a pata pro homem. *Ele,* o homem, segura a pata e se curva diante do bicho. Nesse instante, *ele* a beija. Como o quê? A pata, ele beija o pé do animal. Que cena, não? Isso diz muito de uma pessoa. Diz sim. Pode apostar. Por exemplo, num incêndio ou num naufrágio, esse cara não vai te largar pra trás. Um sujeito que se agacha em público, na área de convivência de um espaço cultural da cidade, pra beijar a pata de um cão – um cão que nem é seu, é do amigo, que agora nem é mais amigo –, essa pessoa é alguém de confiança, não? É alguém que espera. Certeza. Claro que é. Lembra do acidente naquela casa noturna? Não a da França, minha filha, o Bataclan foi um atentado terrorista e não um acidente. Estou falando do incêndio na boate brasileira. Essa! Boate Kiss. Então, um dos primeiros a sair foi um rapaz de vinte e seis anos, estudante de educação física. Ele saiu e procurou a irmã. Quando viu que ela estava bem, adivinha o que ele fez? Decidiu voltar. O rapaz voltou pra dentro da boate em chamas. E nessa ele salvou quatorze pessoas. Depois morreu. E não foi o único, não. Alguns estudantes derrubaram a parede a marretadas pra resgatar as vítimas. Talvez *ele* seja o cara da marreta. Ou o estudante de educação física. No fim das contas, não é disso que se trata? Ter alguém pra esperar ou alguém que te espere. Mesmo se você estiver do outro lado. Mesmo se você estiver do lado errado. Você se vira e não existe mais ninguém. Todos foram embora, só você ficou, você é a sobra de uma experiência malsucedida, ou seja, precisa ser eliminada, ninguém quer se lembrar de um escorregão, de uma falta, de uma gafe. Você é a gafe. É só uma hipótese, filhinha. Nenhuma daquelas pessoas, que te viraram as costas, te contou que você não podia fazer aquilo, que aquilo era proibido, ninguém avisou sobre certos manejos, certas malícias, arranjos antecipados, contratos desfeitos, simulações de voos. E você foi incapaz de se antecipar aos fatos, por isso, não será convocada na próxima reunião. Os algoritmos riem da sua cara e denunciam a sua imperícia. Você foi banida da cidade. O desemprego e a fome são a sua nova morada. Juventude, que juventude? Esse galho seco? Aquele pacto improvável do qual nem o seu corpo guarda registro? E quando menos se espera, *ele* surge. *Ele* caminha em sua direção trazendo a sua bebida preferida. *Ele* se debruça sobre o parapeito da janela e estica a mão. Refeita, você se lambuza de gim, o seu drinque alegre. O cara da marreta – ou o estudante de educação física – está vivo e te aguarda. *Ele* sobreviveu à boate

Kiss. *Ele* sobreviveu à intoxicação alimentar na Terra, às queimaduras de segundo grau. Ninguém precisa dizer palavra. Nem se desculpar, nem compreender. Mesmo iniciantes, vocês apostaram todas as fichas um no outro. Não ganharam, mas também não perderam. Entre vivos e mortos, permaneceram juntos, suportando a velhice no exílio. Dois velhos aposentados e um cão cego. Veja como é bonito de ver, através do vidro, através dos caixilhos, a linha tênue do percurso exemplar. Começou a chover. Melhor a gente se proteger ali embaixo. Em algum momento, *ele* deve vir pra cá, *nesta* direção. Ninguém gosta de se molhar no primeiro encontro. Não olha agora, mas o amigo trouxe um velho, vestido com um sobretudo de lã cinza, pra falar com o homem. O senhor mostrou algo debaixo da capa, se apoiou no braço do homem e sussurrou alguma coisa que o assustou. O homem recuou dois passos. *Ele* parece abalado. O velho dá dois tapinhas em seu ombro, como se isso pudesse amenizar o susto, como se isso fosse um grande consolo. *Ele* empurra o velho pra longe. O senhor rebate e se lança sobre suas costas. O amigo assiste, imóvel, implacável, ao lado do cão. Meu Deus, pra se defender *ele* dá um murro na cara do senhor. O amigo incita o cachorro. O rottweiler não tem dúvida, é um cão treinado, fiel, eficiente e sabe o que fazer num momento desse, então o cachorro morde a perna do homem. O rottweiler crava a mandíbula, firme. Tentando se livrar, o homem pega uma garrafa e a quebra na cabeça do cachorro. O bicho sente a pancada. Está ganindo. Uma senhora aparece pra defender o cachorro e o velho, protestando em altos brados. Ela grita contra o homem ferido, enfurecida. O velho se levanta e desaparece. A senhora ergue o punho e apela por adesão. Uma família composta apenas de sujeitos peludos se aproxima. Não para de chegar gente, não sei de onde surgem tantas pessoas. Uma multidão ao redor do homem. É como se essa gente brotasse da terra, do ar, como se despencasse do teto, só esperando esse momento, o da revanche. Vindas das mais remotas regiões e de todas as épocas, as pessoas se amontoam ao redor do homem. O cachorro gera uma comoção nacional. Internacional. Interplanetária. Não olha agora, mas o homem, aquele da covinha órfã, que segurava o cigarro entre o polegar e o indicador como se fosse um baseado, com tanto charme, com tanta devoção, sucumbe sob a multidão armada e enfurecida. Deitado na lama, debaixo da tempestade, *ele* abre os olhos e te encara. *Ele* estira a mão. Ele, finalmente, pede ajuda. Sim, neste momento, ele a enxerga. O cão foi salvo. Não olha agora, mas acho melhor ir embora, antes que aconteça algo pior.

O império das vagas oceânicas

Incerta da sua idade, encarei a foto do perfil de WhatsApp, intrigada. Aquele era o Woody do desenho *Toy Story?* No intervalo das aulas, ele me interpelara: sabia que um polvo tem a inteligência de um bebê? Além de oito braços, três corações, um bico e centenas de ventosas, ele tem quinhentos milhões de neurônios. Eu tinha menos de quinze minutos para ingerir um salgado, mas ele fazia questão de me acompanhar até a cafeteria. E continuava. O sistema cognitivo é tão desenvolvido que ele é capaz de tomar decisões mais complexas do que um adulto idiota. E sabe por que ele desenvolveu essa capacidade? Ausência de concha. Sério. O corpo mole fica totalmente exposto. Totalmente. Então, ao longo de milhões de anos, a criatura investiu em neurônios. Se você encarar um polvo, ele te olha de volta. E Pedro me dissecava como se eu fosse a humana e ele, o molusco.

Eu permanecia muda, assoprando o café, magnetizada pelos cravos sobre o seu belo nariz. Ventava no pátio e, de vez em quando, ele se perdia na narrativa para afastar os fios compridos que insistiam em lhe cair sobre a vista. Dava para ouvir o ruído agudo e metalizado vindo dos fones, um preso no ouvido e outro pendido sobre a camiseta do urso-branco a expelir "Young Savage" em letras garrafais. Para ser ouvido, o amigo gritara o seu nome mais de uma vez até Pedro voltar e devolver o isqueiro.

Sempre juntos. Lucas, o amigo repetente, dois anos mais velho, roqueiro e skatista, mantinha a cabeça raspada, em geral enfiada no capuz do moletom. A dupla curtia fumar baseado do outro lado da cantina, perto da gráfica. Quando me avistava, Pedro acenava, pedia licença ao amigo e vinha puxar papo na fila. Professora ali há dois meses, não havia me familiarizado o bastante com o *modus operandi* do Instituto, dos alunos e dos funcionários. As turmas tinham um grande número de estudantes matriculados, mas Pedro foi o primeiro a se aproximar.

Ele pediu um açaí com leite em pó e um x-burger e eu não consegui me desviar dos seus lábios roxo-escuros emoldurados de espuma branca. Cocei o queixo, inclinei a cabeça para o lado esquerdo (um clássico) e suspirei, como se refletisse sobre o mundo dos cefalópodes. A língua violácea se movia veloz no embate com a polpa.

"Polvópolis."

"O quê?"

"A região que te falei. Na costa australiana. Foi apelidada assim porque é a região mais repleta de polvos."

"Ah, sim. Claro. Interessante."

Sondei o entorno para ver se tinha alguém espiando. Mas o que havia de errado? Nada, absolutamente nada. Passei o número do meu celular já que ele gozava de estima no grupo e se mostrava tão prestativo. Desse modo, na informalidade, o elegi representante de turma, alguém que levaria o recado ao pessoal, em caso de emergência. Naquele dia, no intuito de registrar o seu número no meu aparelho, pedi que enviasse uma mensagem no ato, mas só mais tarde fui conferir e me dei conta de que era o Woody estampado na foto do seu WhatsApp.

Às vezes, eu tomava umas biritas no final do expediente com os alunos. Íamos ao boteco mais próximo, ficávamos em pé fumando e tecendo comentários ácidos sobre as aulas e os outros professores. Profissional, o pileque me atingia na medida exata para pedir o táxi do regresso sem tropeçar no caminho. Me enfiava nua embaixo das cobertas, abraçando Matteo por trás, que, entregue à apneia, ofegava e roncava alto. Mexia o quadril, tocando-o com firmeza, mas Matteo me repelia, resmungando impedimentos. Eu me masturbava pensando em Pedro.

Num domingo de agosto, o garoto me escreveu a seguinte mensagem: "Oi prof tudo certo? Meu projeto tá travado. Aí queria perguntar pra ti. Tem como a gente se encontrar em algum lugar pra falar sobre o meu texto? Sua agenda permite isso?". Apaguei na hora. Sentado, costas reclinadas na cadeira e pernas esticadas debaixo da mesa, Matteo mastigava o pão de queijo de boca aberta, abduzido no smartphone, pescoço dobrado, favorecendo novas papadas, os dedos deslizando sobre a tela. Duas entradas em curva ascendente nas laterais sustentavam a cabeça ciosa por novidades na rede, enquanto a pança cabeluda se esparramava para os lados, transbordando sob a camisa. Não sei quanto tempo fiquei ali, encostada na bancada da pia, comparando a minha forma física à dele. Poderia passar a manhã inteira assim e ele continuaria sem se mexer. Dei um berro. Matteo ergueu-se, assustado.

"O que foi isso?", ele perguntou.

"Nada, só pra avisar que eu vou sair."

"E precisava gritar?"

"Precisava."

"Que maluquice. Levei um susto danado."

"Faz bem pro coração um sustinho, de vez em quando."

"Que ideia mais estapafúrdia."

"Quer alguma coisa?"

"Aonde você vai?"

"Comprar xampu antiqueda."

"No domingo?"

"No domingo não pode?"

"Ah, tá certo. Vai sim, o ralo tá mesmo entupindo. Seu cabelo cai muito."

"Não é pra mim."

Matteo me encarou, pensativo. Em seguida, virou-se, pegou uma maçã da fruteira e ficou ruminando, irritado, bovino, o líquido escorrendo do queixo e manchando a camisa dez da Juventus. Antes de sair da cozinha, ele devolveu:

"Você anda muito estranha."

Arrastou o chinelo pelo corredor, deitou-se na cama e continuou digitando no celular. Como estava um pouco frio, calcei as botas de cano alto sobre a meia-calça preta. Cravei um vestido vinho e passei batom.

"Você vai assim na padaria?"

"Farmácia."

"Porra, pior ainda."

"Vou comprar um xampu antiqueda pra você."

"Eu sei, você já disse, minha filha."

"Quem sabe essas entradas não diminuem?"

"O que houve? O que foi que eu fiz?"

Bati a porta. Na drogaria, localizei os produtos de higiene e limpeza, mas o xampu contra alopecia havia se esgotado. Entre as prateleiras de maquiagem, tomei um susto ao avistar a mulher que me vigiava. Demorei para reconhecer aqueles traços. Mulher ou senhora? O reflexo borrado impedia a resposta. Aos poucos, compreendi a origem da imagem, sem, no entanto, me apaziguar inteiramente. O que teria acontecido com aquela mulher, agora uma estranha, para ter um aspecto tão duro? E por que me encarava, ressentida? O que experimentou para transformar a alegria genuína em um cinismo apático? Ela teve um pai, cientista e professor respeitável, e esse pai se casou com a aluna mais inteligente da classe, uma elétrica estudante de biologia. Os dois criaram os filhos em uma cidade do interior paulista. A caçula, aos dezoito anos, seguiu para a metrópole a fim de completar os estudos. Em São Paulo, conheceu um italiano charmoso, cliente do restaurante em que trabalhava como garçonete. Licenciada em Letras, começou a dar aulas em um colégio de elite, fez mestrado, doutorado, prestou concurso. Alguns anos mais tarde se tornou professora de uma instituição pública. E, nesse domingo, se mirava no espelho de uma farmácia do bairro da Lapa, sem se reconhecer. O passado tinha varrido a ferocidade e bétulas e seivas para um hemisfério tão remoto que o futuro parecia apenas um efeito colateral tóxico. A partir dali nada poderia mudar muito, não substancialmente; ainda que auxiliada por mil tentáculos ou bilhões de novos neurônios, em alto-mar ou próxima à costa, nenhum sistema de defesa antimíssil impediria o porvir de carregar suas ogivas nucleares e atingir o alvo em uma progressão fulminante. O desalinho da juventude cedia lugar ao impulso brutal da decadência. A palavra futuro pendia do alto da prateleira antiqueda, vazia e esgotada.

Aproximei-me daquela senhora, vista apenas de relance. O que o rapaz havia visto nela? A estranha encolheu a barriga e conteve a respiração. A compleição esguia, bem distribuída, de fato agradava. O colo, sem manchas, exibia seios firmes e fartos. Chegou mais perto e reparou na face. O que havia de tão grandioso em um rosto? Ao longo dos anos, todos se tornariam iguais. Os olhos perderiam em tamanho e brilho, tornando-se opacos, a pele flácida, afinada, repleta de olheiras, acentuaria o combalido aspecto geral. Homens e mulheres, por fim, semelhantes em ruína e impotência. O que o rapaz havia visto nela?

Na falta do xampu antiqueda, joguei o anticaspa na cesta, tentando compensar a ausência de um com o outro, Matteo sofria de ambos os males. Adicionei uma pasta para dentes sensíveis, um pantoprazol, uma cartela de aspirina e uma caixa de pastilhas Valda. Detive-me diante da promoção de preservativos e peguei alguns, de tamanhos e sabores diferentes.

Após pagar com o cartão de crédito, três vezes sem juros, resolvi dar um giro pelo bairro. As camisinhas ganiam dentro da bolsa. A temperatura aumentara bastante e a manhã fria se transformou em uma abafada tarde de domingo, o sol ostentando na avenida sua belicosa presunção, fazendo ressoar a luz nas janelas das casas. Na floricultura, comprei um ramalhete de lírios e um buquê de margaridas. Matteo, com certeza, ia achar muito estranho, não costumávamos comprar flores nem em datas comemorativas, quanto mais em um domingo qualquer. Entre nós não havia afeição por planta, bicho ou qualquer coisa que exigisse cuidados.

O homem do estacionamento, um sujeito grandalhão, de meia-idade e bigode pornográfico, saiu de baixo da marquise e me pediu cigarro. Quando abri a carteira, senti a mirada devoradora presa no decote. O sujeito trincou os dentes no tabaco e presumiu fogo com uma expressão sacana.

Se fosse em qualquer outro dia, eu fecharia a cara e me blindaria por inteiro. Talvez até largasse um gesto obsceno. Não hoje.

Tirei o isqueiro, o prateado, que Matteo me deu de presente de casamento, e acendi o mata-rato do sujeito. Ele puxou a fumaça com ruído, tragando fundo, depois a soprou sem se desviar do meu quadril. Joguei o isqueiro na valise e me afastei rápido, descendo a ladeira aos tropeços, como se fugisse. Na esquina, tentei recuperar o fôlego, esbaforida. Coração aos galopes. Conhecia os prenúncios e esperava pelo pior. E pior, por ser inevitável. Agarrei o celular e digitei uma mensagem como se estivesse com febre. Escrevi: "Sim". E enviei.

Há uma semana, Matteo saiu de férias para visitar a mãe na Itália, e eu fiquei em casa, por conta do trabalho. Apavorada, há uma semana não acendo as luzes de cima, as centrais. Prefiro o lume ermo, do abajur de canto, mais propenso às sombras do que à nitidez. Passei a arrumar o apartamento de outra forma, tornando prioridade as causas antes secundárias. Mantenho a adega abastecida e deixo duas garrafas de vinho tinto na geladeira, além da cerveja de Matteo, que bebo assiduamente e preciso repor. Guardo uns pacotes de biscoito recheado na despensa. Dou aulas na parte da manhã e da tarde, e acordo cedo para nadar, prática inaugurada recentemente.

Quando o interfone toca, explico para Edgar, o porteiro diurno, numa dicção perfeita, de atriz de teatro: "Ah, sim. Pode liberar a entrada para o meu *aluno*".

Cinco horas da tarde, batimentos cardíacos desregulados, elevador subindo.

A campainha vibra. Pelo olho mágico, avisto um menino de boné, bermuda e camiseta, mascando chicletes. Respiro fundo e me pergunto se não fiquei louca. Demoro uns três segundos nesse pensamento. Espio novamente. A criatura do outro lado me lembra o filho de uma amiga. Não devia ter escolhido este vestido. Se eu fosse presa, Matteo pagaria a fiança?

Abro a porta sem saber que rosto usar. Não damos os dois beijinhos. Ele entra, estaca no meio do corredor, enquanto eu fecho o trinco, e me espera passar. Dá para ver o seu vigor sob a camiseta branca, as costas largas, os braços firmes, não muito musculosos, na medida certa. Ele parece intimidado. Peço o celular.

"O quê?"

"Me passa o aparelho."

"Isso é um assalto?", ele pergunta, num misto de galhofa e preocupação.

Como permaneço séria, em atitude de didática advertência, ele obedece, sem muita convicção.

"Não gosto de interrupção durante a aula."

"Ah, tá", Pedro responde, educado.

Levo o celular para o quarto. Tranco o aparelho na gaveta da mesa de cabeceira. Dou uma espiada na imagem refletida, devia ter escolhido o colar azul. Ele permanece na sala, em pé, observando o Buda solitário sobre a estante de mogno. As margaridas, enciumadas, se alvoroçaram dentro do vaso, caçando atenção.

"Senta. Pode sentar", digo autoritária.

Mas continuo em pé, alisando, nervosamente, as mãos na saia do vestido, e vendo-o se ajeitar no sofá de couro. Nosso sofá de couro, meu e de Matteo, comprado em doze vezes sem juros, no cartão da empresa. Pedro não combina com esse móvel, não pertence ao couro, ao marrom, ao estofado. Parece um leão-marinho assentado no divã. Ele me olha, nem tenso, nem relaxado, apenas submerso. Repara nos livros da prateleira, na ilustração a nanquim emoldurada sobre a estante, o barco à deriva, num oceano de naufrágio.

"Bonito desenho. Quem fez?"

"Matteo."

"Quem?"

"Meu marido."

"Ah."

Travessos, os lírios despejam o seu perfume inconfundível, estraçalhando previsões e esparramando o elixir venenoso.

"Você também pode sentar", Pedro provoca.

Dou um sorriso e me sento na poltrona, diante dele. Ao cruzar as pernas, a saia sobe um tanto, revelando parte da coxa. Permaneço numa pose que não é minha, que desconheço completamente, e tento me convencer de que não sou nem psicóloga, nem psiquiatra, e existem outras formas de receber um extraterrestre em casa.

"Achei que você tinha um gato."

"Por quê?"

"Não sei, você tem cara de quem tem gato."

"Você queria que eu tivesse um?"

"Não. Nem um pouco."

"É assim que imaginava a casa da professora? Repleta de animais de estimação?"

"Não. Eu nunca imaginei a casa da professora, só imaginei a sua."

Ele acende um cigarro. Me distraio com a fumaça flutuando da sua boca em ondas, cerúlea. Mostra a beleza de teu crime, Netuno. Espichando a cauda de punições, rumando ao pélago, o vapor que sai de ti perturba e ameaça. Tumba, catacumba, dane-se! O nevoeiro esculpindo anêmonas, medusas e serpentes marinhas, equóreo chamado. O que sai de dentro de ti são vermes. Algumas braçadas mais tarde, busco margear a encosta, seguindo o fio de fumo, sem fôlego, até alçar-me por entre musgos e espinhos, alcançando a falésia e desembarcando em terra firme.

"Nem perguntou se podia."

"Mas você também é fumante."

"Nem todo tabagista fuma em casa. Até porque pode incomodar a outra pessoa."

Ele sacudiu a chama do fósforo e me encarou, com uma seriedade audaciosa.

"Achei que estivesse sozinha", Pedro tateou, certificando-se.

"Não estou."

"Não?"

"Você está aqui."

"Ah, sim."

"E o Jeremias também."

"Quem?", e as pupilas do estudante saltaram para fora do barco.

"Você me perguntou se tenho um gato, mas não se tenho um cachorro."

"Você tem?"

Ele não reclinou as costas no sofá, ainda não se sentia completamente à vontade. Tento quebrar o gelo.

"Precisava ver a sua cara. Parecia que ia entrar um pit bull por aquela porta."

Ele sorri, com aquele jeito maroto, deixando escapar uma covinha do lado esquerdo.

"Quer tomar alguma coisa?"

"Tem cerveja?"

"Vou buscar."

Quando me levanto, a impressão de ter pulado uma etapa e permitido que algo escapasse, por descuido ou imprudência, se impõe. Fito a janela. Um tordo voa de um telhado ao outro, pousa no teto vizinho e alisa a plumagem, meticuloso. Vira-se para dentro e me fita. Disfarço.

"Ah, reli o seu projeto e fiz algumas anotações. Estão ali no computador."

Aponto a escrivaninha com o laptop aberto e mudo a expressão. Firmo a postura pedagógica, de quem tem uma grande responsabilidade pela frente e está disposta a cumprir, item por item, pena por pena. Ele se inclina até a mesa de centro para bater a cinza. A camiseta solta, com a gola esgarçada, permite visualizar o peito bem desenhado, liso, quando se curva. Não consigo me mexer. Ele percebe, firma os dois cotovelos na perna, cruza as mãos e apoia o queixo, me examinando de baixo pra cima, compenetrado. Preciso me amparar na estante para não cair. Mas, recomposta, exijo.

"Tira o boné."

Ele entende, o arranca e dá uma sacudida nos cabelos.

Na cozinha, puxo a cadeira e subo para pegar as taças. Deixo escapar exclamações arbitrárias: "meu deus", "se controla" ou "ufa, tem cerveja" e quando me ergo para alcançá-las, no fundo do armário, sinto o toque suave subindo na perna. Sem reação, consinto o tatear lento e delicado. Em seguida, Pedro me arranca da cadeira num golpe, me puxa para perto de si e me beija. Com as mãos ao redor da minha cintura, pressionando com ímpeto o seu corpo contra o meu, o roçar dos lábios, dos peitos e do sexo se prolonga. Abro a sua braguilha e apalpo, ele tão rijo e pronto, macio, extenso, grosso. Com a pupila dilatada e ofegante, Pedro desabotoa o vestido e o arranca por cima. Antes de atacar, dá um passo para trás e me examina inteira, fixando-se em alguns pontos. Nem eu mesma acredito que decidi por essa lingerie. Com um gesto, ele me pede para dar uma voltinha. Sou a aluna obediente de fio dental e giro com competência, sem tirar o salto. Pedro me encara, pálido. Se atraca ao meu pescoço e lambe, mordiscando suavemente a orelha e sussurrando safadezas. Duro e exibido, seu membro me desafia, latejando pra fora da calça. Arranco sua camiseta e acaricio o peitoral liso, translúcido, netuniano. Ele me senta na bancada da pia, afasta a calcinha, desliza os dedos devagarinho na carne úmida e quente, enquanto devora os meus seios, raspando a língua na aréola, bem devagar. Circula os dedos no púbis e se abaixa para continuar com a boca. Estou quase pedindo, quase implorando.

"Pede", ele diz.

Eu peço. Ele põe o preservativo e mete, aumentando o ritmo gradualmente. Excitadíssima, não consigo segurar e me entrego depressa, tentando não gritar. Ele tira mais de uma vez pra não ejacular de antemão e recomeça, determinado. Ao me virar, Pedro empurra minhas costas pra baixo, de encontro ao balcão, ergue meus quadris e continua o movimento pra frente e pra trás, num crescendo. No reflexo do vidro, me vejo rendida e arrebitada, ao seu comando.

Ficamos ali, como dois cães, grudados um no outro, por anos, por décadas, milênios. Poderia desaparecer naquele instante, com seu grande pau dentro de mim. Logo após o gozo, ele joga o peso sobre meu dorso suado, em trégua. Meus seios, comprimidos contra o mármore, escorregam na umidade da pia. Ávido, Pedro beija os meus ombros, afasta ainda mais as minhas pernas com o joelho, suspende o meu tronco, arrastando o cabelo e sorvendo a nuca e, recomeça, enquanto eu o ajudo a penetrar mais fundo, me movendo de um lado para o outro. Por fim, sem nos desgarrarmos, o guio até o quarto, aos tropeços.

Acendo a luz para não perder nada, a beleza precisa de audiência para se completar. O pênis ereto insistia em manter-se alerta, sem sinal de fadiga, extraordinário, sobrenatural. Nunca tinha visto formato tão perfeito. Percorro o seu corpo com a língua até a virilha e me deleito em sua primaveril exuberância, regada de eletricidade e intensa fluidez. Ao me sentar sobre ele, remexo o quadril, de forma provocante.

Pedro, eufórico, acelerando a marcha, sussurra:

"Eu sempre quis te comer, sua safada."

Transamos de novo, de frente, de costas, de lado. Encharcada de suor e sêmen, deslizo por entre seus braços, suas coxas, em ziguezague, às cegas, às tontas, me ocupando dos pelos, côncavos, dobras, receios e tolices, manhas, sardas, saliva e ouvido, o ventre salgado e furioso, o hálito no cangote cravando cínicas promessas, me afundando axila abaixo, como se eu pudesse habitar um declive, ocupar o baque, residir em solavanco, fixar-me no choque. Na atmosfera umedecida de charcos e ranhuras, aceito ser transportada até o fim dos tempos.

Dormimos entrelaçados, num deslizamento sem antecedentes, sem porto, sem margem, rumo ao amanhecer e ao pânico.

"Quantos anos você tem?"

Pedro abre os olhos e me encara por alguns segundos, sem entender. De súbito, abre um sorriso ornado de covinhas e roça a tênue pelugem em meu braço.

"Quantos anos você me dá?"

"Ah, para. Diz logo."

"Dezoito."

"Tem certeza?"

"Tenho. Quer ver a identidade?"

"Quero."

"Sério?"

"Escuta uma coisa. Presta atenção, garoto. Se você contar pra alguém, eu nego, entendeu? Nego até o fim."

"Ei, calma. Quem disse que eu vou contar pra alguém?"

"Claro que vai. Mas eu nego, entendeu? Nego."

"Juro por Deus que não vou."

"Escuta aqui, moleque. Sabia que eu posso ser presa?"

Ele me examina, assustado. A seguir, solta um longo suspiro, quase adulto, coça a nuca e muda o tom.

"Presa não, demitida talvez."

Apavorada, me ergo e viro as costas. Sento-me de lado, pernas para fora da cama, esfrego os joelhos e me inclino, enfiando a cabeça nas mãos. Lá embaixo, retorcidos, os pés depravados, de unhas pintadas. Pedro me abraça por trás. Prende o seu corpo jovem, cola os seus dezoito anos em mim, a pele acetinada, fragrante, envolve e aquece. Ele traga o meu pescoço como se fosse cachaça. Tento sair, me livrar daquilo, sei onde vai dar, o afasto, empurro, mas Pedro me impede, aferrado à vitalidade de sua juventude. E me joga de volta na cama. Impossível escapar. Se ele contasse. Trepamos de novo, serenos, daí em diante. Fito a fito, à sombra, com a métrica do estilo, íntimos na desordem. E o dia chega ao fim. À noite, pedimos o jantar.

"Ei, você não faz nada da vida, não? São nove horas da noite."

"Não, não faço porra nenhuma. Tenho dezoito anos."

"Não precisa me lembrar."

Pedro dá um gole na Coca e tenta se corrigir.

"Ué, eu tô aqui, estudando. Não foi pra isso que eu vim? Inclusive, aprendi coisas incríveis sobre o movimento modernista nesta tarde."

E solta uma risada deliciosa, metendo uma azeitona na minha boca. Baixo a vista e continuo mastigando, culpada.

"Isso, fica aí com essa cara assustada, achando que eu vou contar pra todo mundo que comi a professora."

"Fala baixo."

"Só tem a gente aqui."

"A vedação do prédio é baixa, sei lá."

De repente, ele fica sério. Sentado no chão, com os braços cruzados em volta das pernas, Pedro dá um salto, preocupado.

"E meu celular? Mano, não acredito que eu tô sem celular há tanto tempo."

"Viu? Viu como é possível viver sem esse negócio?"

"Tô falando sério. Minha mãe deve tá preocupada."

"Meu deus, não diz isso."

Tiro a chave do armário e pego o celular na gaveta da mesinha de cabeceira. Ele me encara, arregalado, ao segurar o aparelho.

"Trinta mensagens."

Me sento na sua frente e aguardo. Ele mente pra mãe, diz que está na casa da Sofia. Quando desliga, não me contenho.

"Sofia é a sua namorada?"

"Mais ou menos."

"Pode dizer, juro não contar pra ninguém."

"Mais ou menos."

"Sei. Quer dizer, não sei, não. Nunca namorei mais ou menos."

Nesse instante, Pedro faz a coisa mais inusitada e inconcebível. Ele acaricia o meu rosto com delicadeza, afasta o meu cabelo para trás da orelha e me abraça.

Por alguns segundos, não sei o que fazer e me mantenho inerte. Logo depois, atingida, tento me desprender.

Empurro o seu corpo, mas ele me agarra com força. A vontade de chorar é quase incontrolável, mas, por ser professora há tantos anos, conheço técnicas, não posso, não devo dar vexame na frente de aluno nenhum. E agora isso, um moleque. Um fedelho miserável, com hálito de pizza de calabresa, tentando me arruinar. Com certeza, depois. Quando ele for embora, quando o rapazola estiver bem longe daqui, eu me resolvo com as cinzas dionisíacas. Amparo as brasas sobre o capuz hibernal e expulso odiosa substância para os confins da Terra, bárbaro planeta. Talvez permaneça em posição fetal por alguns meses, tomando soro na veia. Veremos.

O nó na garganta e o peito trincado estrangulam a ponto de obnubilar a visão. Busco o ar com energia, mas sou tragada por um molusco gigante e violento. Ao me desfazer, porosa e nula, em salso argento, um soluço brilha. A favor da própria existência, me debato, mas não adianta, ele é teimoso, não quer me soltar. Tanto esforço, tanta peleja e artifício em vão. Ceder, talvez. Ceder já. Relaxo os ombros e os braços. E ao vencer a morte, o pranto desaparece, os batimentos cardíacos se regularizam e vinga a expressão adulta. Pronto. Estou salva. Sem derramar uma só gota, e mesmo em zona de perigo, com a bandeira vermelha hasteada, em plena rebentação, consegui escapar. E, quando mais tarde, após cheias e incêndios, tormentos e eclipses, naufrágios e massacres, Pedro me solta, percebo que seus olhos estão úmidos. E, nesse momento, ele começa a soluçar. O estudante se agarra ao meu ventre desguarnecido e libera toda a água que há em si, que há em nós, que um dia houve no mundo, em remotos temporais, em abismos futuros, entre vagas oceânicas.

Observo a visão empapada do jovem, imensos olhos aquíferos. Ele segue a correnteza, descendo cada vez mais fundo, além-mar. Sinto a inveja nascendo. A maior inveja que já senti na vida.

Os visitantes

Abraçado e sorridente, bem na entrada da residência, o casal acenava de longe para o visitante que saíra há pouco. O sol reluzia alto, iluminando as casas da pequena vila, no antigo bairro operário da zona oeste da cidade. Ao virar-se para dentro, Martin teve tempo de flagrar na esposa o sorriso estático, esquecido entre os lábios, sem nenhuma correspondência com a expressão do olhar. Ele deve ter insinuado algo, porque Tereza se apressou em corrigir a fisionomia e ergueu o rosto, em desafio. Mas o pequeno descuido já tinha feito o seu estrago. A perplexidade do marido diante do rosto cindido da esposa e o constrangimento da esposa diante do espanto do marido geraram um leve descompasso, acarretando um acidental choque de pupilas. Não durou mais do que um átimo, mas bastou para o casal se dispersar acelerado, cada qual fugindo para o seu cômodo de origem.

Martin seguiu em direção ao escritório como se o aguardasse urgente tarefa. Tereza trancou-se no banheiro e perfumou-se inteira, sem saber exatamente o porquê ou para quê. Amanhã, domingo. Precisava ligar para a Deise e confirmar o almoço. Já havia comprado os ingredientes para o empadão de frango. Joana prometera aparecer mais tarde trazendo as lembrancinhas de viagem. E logo, logo, precisamente às três e meia, chegaria Armando, seu dentista russo e canoísta repleto de novidades bucais.

Depois que os filhos foram embora, os dias pareciam intermináveis. Apenas as manhãs passavam mais céleres devido às tarefas domésticas e à presença de Magali, cozinheira de tantos anos, testemunha do crescimento das crianças e discreta confidente. Entretanto, das duas da tarde em diante era como se.

Ver os filhos casados e em bons empregos em parte a consolava.

Joana só podia mesmo escolher veterinária, desde criança amante de bicho. Por conta de seus apelos, tiveram até coruja no apartamento de Vila Mariana. E o pinto que a menina ganhou na feira? Galo. De tão bem cuidado, Godofredo transformou-se em nobre inquilino, dominando o terreiro com seu canto da madrugada. A ave acordava a família inteira antes das cinco da matina. Abatidos e insones, os habitantes divergiam sobre o destino da criatura. Tereza e Magali, mancomunadas na cozinha, deram o veredicto. Godofredo virou almoço. Joana nunca perdoou a mãe e João ficou do seu lado, claro. Sempre conluiados. Só se desgrudaram quando ele foi fazer pós-graduação em Buenos Aires. De fato, o pai não poderia estar mais orgulhoso do filho engenheiro.

Tereza ouviu passos no corredor e, por alguns instantes, não soube para onde ir. Ligou o chuveiro. Mas já não tinha tomado banho hoje? Esperou o vapor inundar o ambiente e prestou atenção aos ruídos do lado de fora. Silêncio. Desligou a ducha, abriu a porta com cuidado, colocou o rosto para fora e espiou o interior do quarto: ninguém. Saiu do banheiro aliviada. Melhor confirmar o ortopedista, ele ficou de vir na quarta. Ou seria quinta?

Então, decidiu revisar a semana. Puxou a agenda e se armou com os óculos. Domingo, Deise no almoço, Joana no jantar; segunda-feira, Matilde à tarde, Oswaldo, (novo gastro de Martin), à noite; terça-feira, Glorinha no almoço e João, acompanhado da esposa, no jantar; quarta, Jonas (o ortopedista) e Sarah; quinta, Lurdes e Samantha; sexta-feira, Dora. Graças a Deus, uma Dora de vez em quando. O dia estava garantido. Sua presença expansiva preenchia todos os turnos. Dora possuía essa capacidade extraordinária de emendar um assunto no outro, indo de danças regionais aos desastres aéreos, de política migratória às plantas medicinais. Uma visitante vocacional, sonho de qualquer anfitrião. Ela entretinha de professores a juristas, de garçons a pediatras. Cansava? Muito. Dava vontade de desistir no meio do caminho e parar no acostamento? Frequentemente. Mas era o preço a pagar. Ao invocar sentimentos diversos, Dora instigava altos e baixos emocionais, mas nunca o marasmo. Quando menos esperavam, o dia havia terminado e eles podiam se recolher aos braços de Morfeu.

Tereza escutou um ganido rouco, miserável. E vislumbrou Aída no canto, tentando equilibrar-se nas patas dianteiras para erguer-se e ir sabe-se lá para onde. Dois coroas aposentados e uma cachorra idosa. O que será de nós? Se humano velho deprime, bicho velho tortura. Um ancião joga xadrez na praça, faz palavras-cruzadas durante a tarde, frequenta o bingo no fim de semana, enfileira as lembranças nos álbuns e nos almoços de domingo, mas um cão velho encara o desfecho sem atenuante. Crava a pupila no dentro e desce, e enterra, afunda, os dias e noites desdobrando-se na borda, orelhas de pé, frias, inegáveis, pressentindo, adivinhando.

Tereza olhou-se no espelho. Tinha sessenta e cinco anos. Não era tão velha assim. Era? Sentia-se mastigada por dentro, exausta. A ausência dos filhos a violentava. Os dois só saíram de casa depois da pós-graduação, ou seja, com quase trinta anos. "Filho dura muito hoje em dia", disse Lurdes na última visita. Mas Tereza ainda não havia se recuperado. Envelheceu séculos nos últimos anos. Mirando-se no espelho, se fossem avaliar só pelo pescoço e pelas mãos, podia-se até adivinhar a sua idade. As pernas morenas e bem torneadas, não. Pareciam de menina. Ela também possuía braços fortes, prontos para erguer e afundar navios. As sobrancelhas negras, volumosas, davam personalidade ao rosto anguloso, meio espanhol, meio eslavo.

Aída retornou da cozinha ainda mais gorda e mais velha, se arrastando num desânimo doloroso. Estava cega, surda e gagá. Será que Martin aceitaria outro cachorro? Um labrador ou um beagle para trazer um pouco de alegria a esse túmulo chamado lar. Intuía que não. O marido andava tão sem paciência, ultimamente.

Eles podiam adotar um gato. Lurdes disse que os felinos são ótimos companheiros e dão menos trabalho. Nesse momento, Tereza surpreendeu-se com o reflexo do próprio cenho franzido. A mínima menção ao gato, mesmo que dita acidentalmente (e apenas para si mesma), a angustiava. Assistir, mais uma vez, a essa breve linha animal se desmanchando no tempo, como um clarão, seria demais para ela. Não, melhor não. Teria que ser forte para superar os dias sem adventos peludos.

Ela ergueu o relógio, preocupada. Três e quarenta. E Armando? Tinha prometido não se atrasar. Enquanto a cadela puxava o ar das profundezas da Terra, tentando sobreviver ao instante, Tereza se enervava com a cadência ritmada daquelas passadas. Será que Martin está vindo pra cá? Por quê? O que quer? Cadê Armando? Ah, se eu pego esse dentista.

Martin empurrou a porta do quarto devagar e entrou segurando o copo de uísque. Percebeu Aída deitada na cama, no *seu* lado da cama, roncando alto e despejando uma baba elástica, de matusalém, sobre a manta de flanela. O homem suspirou irritado e rilhou os dentes no cachimbo. Tentou encarar a esposa para dar a notícia. Não conseguiu.

"Armando não vem", avisou ríspido, a vista pregada no quadro de Deus Marte. E, antes que a mulher pudesse responder, desapareceu no fundo do corredor sob a fumaça. Tereza permaneceu imóvel, sentada em frente à penteadeira.

A princípio, não entendeu. Tinha escutado direito? Como assim, não vem? No seu mundo, não existia essa história de não vir e avisar em cima da hora. Sim, ao longo dos anos (destes últimos anos, desde que os filhos saíram de casa), uma visita ou outra, raríssimas vezes, se ausentou por conta de uma emergência. Mas, quando aconteceu (uma ou duas vezes, que fique registrado), foi avisado num período hábil para agendar outra pessoa. Marcou, está marcado. Cadê o comprometimento, meus caros? E o marido diz isso assim, como se não fosse nada, com a maior desfaçatez! Diz e bate a porta. Ah, meu filho, faça-me o favor.

Tereza averiguou novamente o relógio. Pegou o telefone e discou um número. Ninguém. Discou outro. Nada. Outro.

"Oi, Dirce, tudo certinho? Seguinte, acabei de verificar na agenda e me dei conta que não marquei a sessão. Ah, sim. Na segunda. Sabe o que é? Tô com o pescoço duro, totalmente travado, não dá pra adiantar? Hoje, por exemplo. Como? Olha, se pudesse ser *agora* seria perfeito. Eu sei que é sábado, mas existe fisioterapia no sábado, não é? Ah, sim. Entendi. Claro, perfeitamente. Pois, não. Obrigada. Boa tarde." Tereza bateu o telefone, colérica. Nessas horas é que se vê com quem se pode contar. Arrancou o papel do bloco de notas e fez uma lista de nomes. Saiu afobada do quarto e entrou no escritório do marido, quase sem fôlego. Porém, antes de dizer qualquer coisa, se deteve. O marido estava em pé, pitando o cachimbo, no centro do cômodo e olhando fixo para a parede vazia.

"Martin."

"Hein?", o homem virou-se, assustado.

"O que aconteceu?"

"Nada. Não aconteceu nada. Por quê?"

"Como assim, nada? Tem certeza que está tudo bem?", ela insistiu, palpitante.

"Tenho. Claro que tenho. Me diga você. O que foi? Por que essa cara?"

"Escuta, meu bem. Presta atenção. Armando não vem mais."

"Ora, essa! Mas se fui eu mesmo que levei essa notícia até você", Martin respondeu, voltando ao seu estado natural de irritação.

"Eu sei, eu sei. Mas penso que você disse e não ouviu."

"Ah, não me venha com essas bobagens, mulher."

"É sério. Você não se ouviu. Porque se tivesse realmente se ouvido, teria escutado", disse lenta e cava, compenetradíssima na própria argumentação.

Martin virou-se e a fitou, confuso.

"Que papo é esse?"

"Escuta. Sabe o Armando? Então."

"Ah, meu Deus! De novo com isso?" E saiu do escritório, tentando livrar-se daquela aporrinhação. Tereza seguiu atrás do marido que, na passagem, quase atropelou Aída.

"Tira essa anciã da minha frente, por favor." E, mal entrou na sala, já arrebanhou a garrafa de uísque do aparador. "Uma cachorra que. Deus me livre. Velhíssima, e ainda por cima babando no meu travesseiro. Não quero mais essa cadela no meu quarto."

"Não fala assim, Martin. Ela é idosa."

"Palavra triste, idosa."

"Idoso também é triste."

"Claro que é. Quer fazer um inventário de palavras tristes agora?" Tomou um trago, estalando a língua.

"Se Armando não vem, a gente podia chamar a tia Ismênia. O que acha?"

"Eu, hein? Parece que bebe."

"Ou o Silva."

"Que Silva? O *meu* Silva?"

"Só conheço um."

"Me diz uma coisa, você acha mesmo que vou chamar o meu barbeiro pra passar o sábado com dois velhos e uma cadela senil? Ele deve ter coisa melhor pra fazer, não? Ao menos, eu tinha, aos vinte e cinco anos."

"Então, tá. Ok, Martin. Vamos lá. Dá uma ideia melhor."

"Chama a Dirce. Ou a Amália. Até a Amália é mais sensato chamar do que o pobre do Silva."

"Já chamei, meu filho. Já chamei Dirce, Amália, Eurico, ninguém pode."

"E o Ivan?"

"Que Ivan? O frei?"

"E qual é o problema? Barbeiro pode, frei não?

"Esse frei é meio panfletário não é, não?"

"Como assim?"

"Militante demais, sei lá. Muito eufórico com política. Vai me deixar nervosa."

Martin não respondeu. Acendeu o cachimbo e cruzou as pernas, amargo. No semblante, um ceticismo árido.

"Tá bom, Martin. Tudo bem. Chama o frei. Sem problemas. Pode chamar", Tereza disse, resignada. Ela sentou-se num ângulo que não a deixasse de frente para o marido e a mantivesse sob a meia-luz.

"Isso é o que eu chamo de ironia do destino. Ninguém diz que a gente se conheceu no movimento estudantil."

"Ah, meu filho. Faz muito tempo isso. Eu era outra pessoa. Mudei muito."

"Você é fascista agora?"

Tereza levantou-se, ofendida.

"O quê? Como assim? Não acredito que você disse uma coisa dessas." E andou de um lado para o outro. De repente, estacou e acendeu um cigarro. Martin ergueu-se, perplexo.

"De onde surgiu isso?"

"Do meu bolso."

"Não entendi. Desde quando você fuma?"

"Há dois anos."

"Não é possível."

"Ué, por quê?"

"Mas como? Como? Se eu nunca."

"Eu *não* sou fascista."

"Você fuma há dois anos?"

"Não sei como você teve a coragem de dizer isso assim, na minha cara. Ah, se seus filhos te ouvissem."

"Como eu nunca senti o cheiro?"

"Só fumo dois cigarros por dia, meu filho. Fica tranquilo."

“E por que escondeu?”

“É bom ter um segredo.”

“Toda apavorada com um padre comunista e fumando escondido.”

“Fascista, veja você. Se alguém te ouvisse falar desse jeito nem sonharia que moramos na mesma casa e dividimos a mesma cama.”

De repente, seus olhares se cruzaram. A segunda vez no mesmo dia. Um silêncio carregado de óleo diesel e dióxido de carbono inflamou a tarde. Aída surgiu mancando e deitou-se ao lado da poltrona do dono. Martin fitou a cachorra obesa, ressentido com a velhice do animal. Pigarreou, bebeu, fumou.

“E Iglesias?”, disse finalmente.

“Iglesias?”

“O veterinário da cachorra.”

“Morreu.”

“Como assim, morreu?”

“Morreu, ora. As pessoas morrem.”

“Mas justo o veterinário?”

“Ué, veterinários são imortais?”

“Tão jovem, tão magro”, Martin balbuciou consigo, mas Tereza foi sumária.

“Diabético e cardíaco.”

O marido tirou o cachimbo da boca, examinou a cadela e iluminou-se.

“E a sua mãe?”

“Como assim, meu filho?”

"Sua mãe é ótima. Hilária. Faz tempo que não a vejo. Liga pra sua mãe!"

"Esqueceu que ela está com Alzheimer?"

"Não me esqueci, não. De jeito nenhum. Mas e daí? Uma pessoa com Alzheimer ainda é uma pessoa."

"Eu sei que uma pessoa com Alzheimer ainda é uma pessoa, mas vamos conversar o que com ela?"

"Não precisamos conversar. Vamos ouvir. Ouvir nos dias de hoje é urgente, urgentíssimo. Ninguém se escuta mais."

"Acho digno. Pena que ela não fala uma única palavra há tanto tempo."

"Desde quando ela está assim?"

"Desde que foi pro asilo."

"Ela está num asilo?", Martin perguntou, assombrado.

"Há quatro anos."

"Chocado. Estou chocado. Não me lembrava disso."

"E a sua irmã?"

"Basta. Você para, hein?"

"Ela melhorou muito depois da terapia."

"De fato, melhorou muito. Ela não se corta mais, só dorme dezoito horas por dia e toma cetamina quando está acordada."

"É, pensando bem. Melhor não."

Tereza fez um afago em Aída, que a mirou com estranheza, como se não a reconhecesse. Retirou a mão da cabeça da cachorra e a pousou no braço da cadeira, segurando-a com firmeza, como se, desse modo, pudesse evitar a queda. Suspirou.

"Acho que vamos passar a tarde sozinhos."

Dessa vez, foi o marido quem soltou o ar com força, ainda mais alto que a esposa, mais ruidoso, como um fumante, como um desterrado, afundando-se na poltrona com a garrafa de uísque. Num ímpeto, Tereza ergueu-se da cadeira, arrancou a garrafa dos braços de Martin e se serviu com uma dose generosa.

"Ué, o que é isso? Vai começar a beber também?"

"Hoje eu não pretendo ficar sóbria." Lançou dois cubos de gelo no copo e mexeu. "E se a gente chamasse o Edcarlos?"

"O jardineiro?"

"Por que não? Ele é educado e tem um papo ótimo."

"Não começa a apelar, Tereza. Você nem começou a beber. E o que você entende de poda e drenagem?

"Eu posso ficar só escutando. Você mesmo não disse que escutar é urgente, urgentíssimo? Pois então."

"Sei. E eu fico com a parte de entreter o jardineiro enquanto você enche a cara."

"Ele pode responder sobre aquelas questões da terra pro seu novo livro."

"Quc questões da terra?"

"Do seu livro. O novo. Sobre a divisão de terra."

"Você está se referindo às questões sobre a reforma agrária?"

"Exato, exato. Isso mesmo." Tereza exagerou a careta depois do trago.

"Minha filha, o que isso tem a ver? Olha, o seu raciocínio me intriga. Tinha me esquecido completamente das curvas e dos saltos que ele é capaz de fazer." Martin arrancou a garrafa das mãos da mulher e serviu-se de mais uma dose.

"Que salto o meu raciocínio fez? Me diz!"

"Vou te dizer, deixa eu dar um golinho antes? Obrigado." Tomou um trago, estalando a língua. "Querida, veja bem. Você quer que eu converse com um jardineiro capitalista sobre o movimento dos sem-terra, é isso mesmo?"

"Ele é capitalista? Nosso jardineiro é capitalista?"

"Modo de dizer."

"Capitalista é modo de dizer?"

"O que estou falando é que uma coisa não tem nada a ver com a outra, filhinha. Além do que, esse livro já foi publicado."

"Não! Quando?"

"No começo do ano passado."

"É mesmo? Tem certeza?"

"Ora essa!"

"Não é possível."

"Não é possível você não se lembrar do evento, isso sim. Fizemos o lançamento aqui em casa. Até a Dora e a Sandrinha vieram de Ribeirão. E o seu tio Dilermando veio de Barcelona trazendo a esposa, aquela alemã risonha, qual o nome dela?"

"Ute."

"Exato, a Ute. A Joana tinha acabado de se casar e veio com o marido. E o João, recém-empregado em Furnas, trouxe o chefe. Inclusive, caprichei no autógrafo do chefe."

“Lembrei, lembrei!”, gritou Tereza, aliviada. “Agora eu me lembrei de tudo, tudinho. O livro se chama: *No caminho de Santarém*. E foi publicado pela Nova Editora.”

“Acertou.” Martin recostou-se na poltrona, aliviado. Pegou o controle e ligou a televisão.

“Viu como a minha memória está boa? É só mencionar os visitantes do dia. Tá tudo encadeado na minha cabeça, um personagem entrando depois do outro, como numa peça teatral.”

“U-hum.”

“E o que você está escrevendo agora, meu bem?”

Nesse momento, o marido despregou os olhos da TV e a encarou, admirado. Quase sorriu de satisfação (por muito pouco não mostrou os dentes), mas preferiu a cautela e se manteve sério.

“Ensaio sobre um sol barrigudo”.

“Bom. Muito bom esse título. É sobre o quê?”

“Um homem casado.”

“E?”

“E o quê?”

“E o que acontece? Com o tal homem casado?”

“Só isso.”

“Essa é a história?”

“Não basta?”

“Não, acho que não. Parece pouco pra um romance.” Ela se serviu de mais uísque e repetiu a careta depois do trago.

“Parece pouco, mas é muito. Isso dá pano pra manga, minha filha.”

"Mas e o sol?"

"Que sol?"

"Do título. O barrigudo"

"Vai nascer."

A campainha tocou. Aída ergueu o focinho e resmungou algo do seu mundo de trevas. Martin virou-se em direção à porta, curioso. Tereza aprumou-se, esticou o vestido, meteu um sorriso no rosto e correu para atender.

Enquanto a mulher se afastava, Martin aproximou-se, trôpego, da cadela prostrada. Aída levantou a cabeça em busca de suas mãos. Ele ajoelhou-se e encarou os olhos cinzentos, enovelados, da cega. Por um instante, os dois permaneceram mudos, compenetrados, um de frente para o outro. Martin, levemente embriagado, sorriu para a cachorra e a afagou. Ela o lambeu, agradecida. O homem ficou sério e afastou-se. De repente, a cadela latiu. De dentro dela saiu um som abafado, de quem esperou muito tempo para dizer. Martin sentiu uma pontada no peito e tombou no sofá. Então, Tereza retornou, de cabeça baixa.

"Era o lixeiro", disse para o marido.

Ele a mirou em silêncio.

"Ele se chama José. Mas não quis entrar. Recolheu o lixo e se foi. É. Pelo visto, hoje não teremos mais nenhum visitante."

Tereza sentou-se no sofá ao lado do marido. A cachorra tentou levantar a pata. Martin segurou a mão da mulher. E apertou.

A entrega

Nem por um milhão de dólares entrego essa besta fera e não me escondo por fora. Não precisa esperar, já, já acaba. Já está acabando. Enquanto Pina estiver dançando, posso permanecer muda de felicidade e de desespero, então, bem aí, no tumulto da passagem, surgirá algo novo. Sim, ele está morrendo. Isso ninguém sabe. Só nós dois, e o médico, claro. Não existe prazo. Só hipóteses. Temerárias. Placebos. Temerários. Enquanto isso, Pina continua dançando. Fico boba de ver, os pés margeando abismos, viadutos, lagos, e eu daqui, fitando a tela, hipnótica. E você aí, do outro lado da sala, inerte, concentrado, vigiando o século num relógio parado, tão distante no tempo e no espaço. E, assim, nossos corpos. Não há perigo de congestionamento na cidade. Não neste horário. Não enquanto você contabiliza as batidas de um outro coração. Quer que eu veja novamente? Sim, ele está respirando. As retinas abertas, fixadas em outro mundo, são de alguém que parte. Isso é o que mais me dói. O único cego da casa. Ninguém mais. E também, ninguém avisa quando embalar o corpo, ninguém quer sacrificar o amor.

Humanos não serão sacrificados.

Né?

Hein?

Não, não pode. Eu sei que não.

Ninguém pode intervir.

Em seu planeta, Pina não há mais. Só perambulações. As retinas vagueiam em outras paragens, hemisfério norte, região polar. Nada poderia ser mais doloroso. Assistir ao outro não mais compreendendo o que enxerga. A cegueira é só uma outra forma de ver. Você está sozinha diante das imagens. Nenhum afago te alcança. Você entrou no mundo submerso apesar dos pés fincados na terra como um casal de refugiados. É o silêncio mais esplêndido e o mais letal. Os outros seres, os animais marinhos que escorregam de lá para cá, não podem te ver, só pressentir. Você se tornou o próprio presságio, você é apenas a intuição de alguém.

Será que ele quer permanecer?

A morte é o último embaraço. Eu enxergo, mas não reconheço aquilo que me rodeia. Sim, ele ainda está respirando. Porque consigo ver daqui, ora. Ainda é possível perceber o peito subindo e descendo, bem devagar. Melhor não, ele se assusta quando alguém o acorda. Ele ergue a cabeça enfermiça e os olhos brancos em busca do guarda ou do corrimão.

Não quero ultrapassar um limite. Ninguém sabe, não há previsão. Hoje faz calor, amanhã, porém, os meteorologistas previram outra coisa. Se algo há de nascer, que seja agora. Sim, tem razão. Não há pressa. Pra que pressa se podemos relaxar diante da TV? E, desse modo, comer um biscoitinho, tomar um trago, sim, aceito essas castanhas e pistaches, acompanhadas de uvas-passas e nozes. Permito que a profusão de vozes e imagens me carreguem de volta à superfície. Delego ao programa de culinária a incumbência de supervisionar as ameaças e os calafrios. Sentada neste banco, é possível, se tiver luz elétrica e tomada, não perceber a extensão do estrago. Sim, daqui dá pra ver. Ele continua respirando. Sim, isso é bom. Muito, muito bom.

E é assim que deve ser para todo o sempre, amém. Porque não há previsão, mas os meteorologistas disseram que. Eles são tão necessários. Eu queria prever o tempo de amanhã, saber se rego ou não o passado. Se é necessário. E o futuro que aguarde. Simples te ver assim, de cabelo molhado e calça jeans, você é tão simples, tão jeans. Eu sou tão complicada. Ele? Ele continua respirando.

Ei, ele acordou. Melhor você se levantar. Está atordoado sem saber como reagir a esse descalabro chamado vida. Não, ele não está me vendo. E como poderia? Não existe mais isso de ver.

Ele está vivo, mas não consegue seguir. E eu sou a culpada, estou prolongando a sua existência, coando café pela casa, surgindo perfumada por entre os corredores, dizendo inverdades, insinuando proteções, tentando prevalecer. Ele voltou a jogar a cabeça no travesseiro. Antes, mirou em minha direção e enviou um recado ressentido.

Você acha que estou agindo certo? Com coerência? Com sabedoria? Pois é, mas a escolha é só para felinos e cães.

Bichos em geral.

Humanos precisam aguentar a dor até o fim.

Sim, daqui dá pra ver. Ele ainda está respirando.

Só as capivaras são felizes

Pichou "Rosa" com tinta preta na fachada do último andar e deu um tapa. Desceu ligeiro pra alcançar Túlio antes do meio-dia. Pernas dormentes de tanto escalar prédios, entocou o spray na bermuda e alcançou o amigo na esquina. Como a ponta do prensado acordava a larica, eles entraram na lanchonete do seu Aguiar. Pediram x-burguer com batata frita e um milk-shake de Ovomaltine.

Quase uma da tarde, tinha que esperar e não dar com a língua nos dentes. Não adiantava, ela só saberia da homenagem no final do dia. Nesse horário, já devia estar na universidade. Wesley não poupava esforços pra surpreender a eleita. Tinha que caprichar, uma mulher daquela! Se fosse verdade mesmo esse lance de amor da vida, essa crença na tampa da panela, a outra metade era Rosa. Só podia ser.

Bico prensado no canudo, espírito voltado no amanhã, Wesley sugou o resto de Ovomaltine fazendo um barulhão. Túlio se divertia com a cara de seu Aguiar, fulo da vida, resmungando alto e encarando os dois, enquanto passava um paninho úmido no balcão. E quando topasse com aquilo? Wesley sonhava, encantado. A cara de Rosa topando com aquilo, seu nome bordado na fachada do prédio elegante. Ele prometeu fazer e fez, demorou, mas fez. Ela ia era cair pra trás, isso sim. Homenagem alta, peito aberto para a avenida mais famosa da zona leste. Satisfeito com o sonho e o x-burguer, Wesley emendou o pensamento num arroto pesado. Seu Aguiar explodiu. Os dois vazaram ligeiro para o terminal de ônibus. Depois do cumprimento dos amigos, cada um seguiu o seu rumo. Túlio desguiou para a obra da nova estação de metrô em Pinheiros, onde trabalhava.

Dentro do túnel Anhangabaú, em pé, o milk-shake chiava, chacoalhando em ondas volumosas, murmurando obscenidades marítimas. Esmagado entre homens e mulheres suados e exauridos, Wesley se esforçava pra não dar vexame. Sua mãe, falecida há oito meses, havia ensinado uma técnica de contenção de gases que consistia em sorrir sem vontade. Ao fingir que não estava acontecendo nada para os outros, o cérebro entendia que não estava acontecendo nada consigo mesmo, e o recado repercutia direto no estômago, que logo ajuizava. Dona Neuza era mestre em técnicas de sobrevivência, mãe porreta, velha sábia. Wesley meteu o fone no ouvido e o sorriso no rosto, como se escutasse um programa humorístico. Isso do fone no ouvido e do programa humorístico foi procedimento dele mesmo, criação própria, que seria passado de pai pra filho no momento certo. Na lida diária, a coleção de estratagemas formava uma espécie de núcleo familiar. Sem método não dava nem pra sair da cama. Por exemplo, driblar o sono durante o serviço bastava o uso de bala ou nicotina. Despistar a fome, chiclete ou café. A insônia era afastada com antialérgico e a dor de corno, com cachaça. Superar a saudade da mãe é que não se ajeitava. Tio Luna, o cara mais divertido do universo, foi logo depois, de ataque cardíaco. O pai estava vivo, mas era um drogado. O velho desabou ao perder a esposa e o irmão e passou a dormir nas ruas. Alguém avisou tê-lo visto zanzando na área central da cidade, que nem um fantasma. Wesley fuçou as ruas do centro atrás do pai, até encontrá-lo enrolado num papelão, irreconhecível, na escadaria do Teatro Municipal. Frágil, o senhor de olhos miúdos e avermelhados demorou a reconhecer o menino.

"Pai, você tem casa, tem família. Não precisa dormir na rua", avisou, mirando ao redor. Um medo enorme de um conhecido passar, da polícia, da guarda municipal, dos transeuntes, das estátuas próximas, tão monumentais, tão repreensivas.

E o pai largou um gesto vazio no ar. O garoto contemplou aquele homem sujo, magrelo, fora de órbita. Sem nenhum resquício do atleta, do professor de educação física, exímio dançarino que o pai fora um dia. O tanto que dona Neuza penou pra conquistar o boa pinta, popular no Jardim Lapenna. Ainda por cima, mestre no gogó. Não só gogó de cantoria, mas de safadeza também. Pé de valsa, os dois se conheceram no forró da Nininha. A mãe, dez anos mais nova e iniciante no arrasta-pé, deu os primeiros passos batendo o chinelo com o professor. Menos de dois meses e nasceu uma ponta de barriga, em oito vinha ao mundo a primogênita Soraia, logo seguida por Douglas e Wesley. Durante o casamento, a mãe manteve a rédea curta e proibiu os bailes. Não podia dar mole com aquele xavequeiro de botequim. Juvenal até obedeceu a esposa no começo, mas dentro em pouco voltava aos bailecos e à sinuca, zarpando às escondidas. Dona Neuza fingia não ver, e se resignava, compreendendo a impossibilidade de engaiolar o conquistador. E a mulher robusta, de pernas fortes, líder comunitária, organizadora de mutirões, sem nenhuma doença crônica, foi morrer justo desse vírus, tão nova. Juvenal não se conformava e bebia e se afundava.

Esgotado das tentativas em demover o pai das ruas, Wesley largou mão e foi cuidar da vida, que aquilo zunia, castigava, assombrava seus dezessete anos. Ele precisava tocar pra frente, a maioridade logo ali, acenando, a penúria estraçalhando os dias. Quando a falta de um ou de outro atormentava, o rapaz apelava aos devaneios. E, no sonho, as mãos compridas, a pele macia e a voz grave de Rosa lhe acudiam, generosas, solidárias.

Os dois se conheceram no Cemitério da Saudade, em São Miguel Paulista, diante da catacumba. Wesley enterrava a mãe, morta aos 54 anos, e Rosa, o pai, Seu Honório, aos 59. Ambos os parentes dizimados pelo mesmo vírus. Por ser tão contagioso, só permitiam um representante da família. Sozinhos, lado a lado, eleitos na despedida, eles depunham flores e preces sobre as tumbas silenciosas. Perante a terra dos mortos, nasceu o desejo. Rosa, de uniforme cáqui e cabelo preso, tinha os olhos inchados. Ele achou bonito o modo como ela pressionava o buquê contra o peito, regando as margaridas com seu sofrimento. Dava pra ouvir a oração despetalando-se, sílaba por sílaba, num sopro íntimo, e desabando, retorcida, no caixão fechado. Desejou ter um filho com a moça. Destino conhecer a futura esposa no enterro da mãe. Nada mais afinado com a justeza da vida. Dona Neuza rogou tanto por um casamento e um neto para o caçula, e veja só. O último desejo, antes de ser intubada no hospital, prestes a se realizar. E Wesley podia mais, muito mais com a moça da tumba ao lado. Eles poderiam – quem sabe? – ter um par de filhos, uma penca até. Eram jovens e tinham o futuro todo pela frente. Se a noiva quisesse, nem precisavam permanecer na cidade, ou no bairro, poderiam, por exemplo. Tanta coisa.

Sonhando acordado, o rapaz mal percebeu a descida da mãe à grande e profunda cova. Em seguida, cobriram a fossa, ele depositou o ramo de flor, alheio. E só se deu conta de que precisava sair dali por causa do pedido do agente funerário. A noiva sumira. Assustado, virou-se e a buscou com os olhos por todo o cemitério. Nada. Aparição? Miragem? Correu pela alameda vazia e viu a menina cruzar o portão. Sem atinar direito, a interpelou assim que alcançou a entrada. Ela virou-se, aturdida, mas sem força pra escapar.

"O que foi?"

Ele riu, sem graça. Não sabia o que responder.

"Desculpe. É que eu te vi ali, do lado. Precisava falar com você. Eu também acabei de enterrar um parente."

"Sei. Sinto muito." E se afastou, apressada.

"É horrível, né? Se despedir assim, sozinho, sem ninguém pra te acompanhar. Só você e o morto. Uma solidão danada. Era parente próximo?"

"Como sabe que era parente?"

"Não era?"

Ela silenciou, contendo o choro. Aproveitando a chance, ele botou a matraca pra funcionar, que a oportunidade era única. Se essa mulher sumisse sem dar o número do celular, acabou. Fim do sonho. Bom de papo, o herdeiro do gogó de ouro de seu Juvenal emendava um assunto no outro, com emoção.

"No meu caso, o parente era a minha mãe."

Nesse instante, ela se arregalou toda e só então prestou atenção no rapaz alto e magro, de pupilas saltadas, à sua frente.

"Sua mãe?"

"Pois é, morreu do vírus."

"Meu pai também."

Ele baixou o rosto, queria tanto acender um baseado, dar uma tragada funda, o corpo amolecendo na espuma da tarde. A menina enxugou o rosto úmido na manga do uniforme e virou-se novamente para o portão. Wesley a acompanhou, decidido. Eles caminharam lado a lado.

"Posso saber o seu nome?"

"Pra quê?"

"Só pra ter uma história boa de enterro. Com personagem real."

Ela gostou, sorriu. Deu linha.

"Rosa."

Ele repetiu o nome em voz baixa, para si mesmo, como se saboreasse uma fruta desconhecida.

"Você é a primeira."

“A primeira o quê?”

“Rosa.”

“Nossa, só na minha rua tem três.”

“Que rua florida! Onde tu mora?”

“Vila Tolstói, em Sapopemba.”

“Que nome esquisito.”

“Tolstói ou Sapopemba?”

“Sapopemba é da hora, mas Tolstói.”

“Foi um grande escritor russo.”

“Não gosto de russo.”

“Por quê?”

“Ah, sei lá. Acho bizarro.”

“Russo bizarro?”

“Sinistro.”

“Conhece algum?”

“Nenhum.”

“Sabe o que é isso? Treta americana. No cinema deles, o russo é sempre inimigo do herói.”

“Pode ser. Acho que cê tá certa. Olha aí, mal te conheci e já vou sair mais sábio do cemitério.”

Ela gostou, sorriu. Deu linha. Trocaram números de telefone.

A formosa silhueta já virava a esquina quando ele se lembrou da mãe no caixão. No abafadiço da tarde, a caminho do terminal de ônibus, Wesley suava e ria, ria e chorava, que nem chuva com sol, casamento de espanhol.

A técnica fundamental ele passava aos amigos. Quando uma coisa boa acontecia, tinha que ficar parado. E observar. O corpo reagia de volta. E dava para refazer cada movimento de memória. Assim, era menos provável esquecer os detalhes com o passar do tempo, a textura da pele, o toque dos lábios no rosto, o cabelo comprido roçando o nariz. Mas ele e Rosa se despediram sem um único beijo no rosto, numa distância segura o suficiente para evitar qualquer risco de contaminação. Mesmo assim, a voz rouca e deliciosa da menina, o brilho intenso do olhar, o perfume adocicado, arejavam até a mais insalubre das necrópoles. Esses elementos foram suficientes para Wesley estocar na memória e revisitar a cena depois, em casa.

Na mesma noite mandou mensagem. Escolheu um meme ridicularizando o presidente da República, que confundia Tolstói com o desenho. Já tinha pesquisado no perfil da garota e era evidente que ela não simpatizava com o político da extrema direita. Rosa respondeu com um *emoticon* chorando de rir. A partir daí, os dois começaram a se falar todos os dias por *zap*. Ela o seguiu de volta no *insta*, mas nada de encontro ao vivo.

O moleque pesquisou todos os livros do russo, um a um, mas só tinha chumbo grosso de mais de quatrocentas páginas. Então encontrou *A morte de Ivan Ilitch*, fininho, leu numa tacada só, varou a noite. Ficou deprimido. Imagina ler um tijolo do cara! Osso. Ela que o perdoasse, mas não dispunha de um bom psicológico agora pra encarar aquilo. Agradar a mulher amada tinha limite. Além do que, a garota sempre embaçava, ocupada com o serviço e o estudo.

Só três semanas depois, um sábado, os dois conseguiram se encontrar. Combinaram na saída da estação Vila Tolstói, a estação de monotrilho do metrô, recém-inaugurada. Perto da escadaria, Wesley roía a unha, ouvindo MC Kevinho no fone. Rosa surgiu de short jeans e camiseta estampada, bem justa. Ele bateu o olho e veio toda a emoção do primeiro dia, no cemitério. Embora estivesse atrasada, ela não parecia nem um pouco apressada ou esbaforida e desfilava a beleza com calma. Wesley precisou de alguns instantes para retornar do estado de alumbramento. A mina era tão top, cintura fina, bunda grande, cabelo preto, volumoso, que ele até sentiu uma brisa. Lembrou-se do funk: "Essa mina é zica, vai bagunçar meu lençol". O reencontro despertou nele uma alegria jamais adivinhada após a perda da mãe. E teve a certeza de que dona Neuza abençoava aquele destino.

Caminharam juntos, lado a lado, por muito tempo. Não podiam ir à piscina do CEU Sapopemba, nem em um barzinho, a maioria dos lugares estava fechada por causa da pandemia, então se sentaram no banco da praça. Ela mirava o horizonte em silêncio, uma sombra de tristeza acinzentando o olhar. Wesley acendeu um cigarro e apontou o prédio alto, filho único no contorno, agressor supremo da paisagem dos moradores.

"Um dia vai ter uma rosa bem ali", ele disse, orgulhoso.

A menina não entendeu.

"Como assim?"

"Vou pichar teu nome no arranha-céu."

Ela o encarou, entre o fascínio e a desconfiança.

"Você é grafiteiro?"

"Pichador."

"Não desenha?"

"Gosto da palavra. Sabe o Crécio?"

"Não."

"Que mundo cê vive, que não sabe quem é Crécio?" Ele virou o rosto e soltou a fumaça de lado. Ela pegou o cigarro de sua mão.

"Não saco nada de picho."

"Deu pra perceber, mas vou te dar a letra. Crécio é o cara."

"Sei", desdenhou Rosa, pressentindo a galhofa.

"Sabe ou não sabe?"

"Na real, na real, nunca ouvi falar. Nunquinha."

"Mas vai ouvir e vai ouvir muito."

"Mano, diz logo. Quem é Crécio?"

"Tá olhando pra ele", arrematou, batendo no peito. E pegou o cigarro de volta, fazendo pose, ajeitando o topete. Rosa sorria. Encarou o topo do prédio. Wesley pegou a brecha e chegou junto, aproximando o rosto. Ela o fitou, séria.

"Que figura. Esse é o nome do teu picho, malandro? Crécio?"

"Esse sou eu do outro lado."

"E o que é isso?"

"Meu outro eu, o cara do corre louco, das alturas infinitas."

"Mas é poeta mesmo. Um dia você me leva junto?"

"Na moral?"

"Claro."

"Assim cê mata o pai."

"Quero ver como é lá de cima. Me leva?"

"Pra voar comigo?"

"Contigo."

"Desafiou."

Wesley passou a mão por trás do pescoço de Rosa e, com suavidade, puxou-o pra perto. Seus narizes se tocaram. Diferente do dia no cemitério, o odor que a menina exalava o surpreendeu. Esse corpo, tantas vezes visitado na memória, no curto período de tempo, liberava agora a sua realidade delicada, em sua múltipla ancestralidade. Havia o cheiro do cigarro, mas havia também o perfume brando, de frescor antigo, aludindo a outra década. Como se ela carregasse consigo uma corrente de mulheres, mãe, tia, avó, desfilando anáguas e espartilhos, sob o lépido e promissor bronzeado. Rosa o transportava para essa nova cidade. Macia, reconfortante, salutar, a cidade transpassada por fluidos anteriores se suspendia no amanhã.

Ele acariciou a nuca suada, encostou seus lábios trêmulos e a beijou. O beijo ressoou aos poucos, vibrando em pequenas contrações, estimulando ardências. A cidade retumbava o eco de torcidas, construções, buzinas. Na metrópole não havia descanso para a construção civil. A obra do espigão orquestrava uma ilimitada variedade de sons, britadeira, serrote, marteladas, e a conversa entre os trabalhadores avançava na tarde junto às turbinas de um avião. O torcedor solitário xingou o motorista que percorria a avenida de carro, tremulando a bandeira do Corinthians. Os ônibus seguiam, implacáveis. A moto derrapou no sinal. E, de súbito, o silêncio. Como se a cidade mergulhasse numa lacuna. Wesley e Rosa se perderam no beijo e na sinfonia do entardecer. E o dia findou.

Depois de operar como cobrador há mais de dois anos, Wesley saiu da linha 3766-10, Cohab II - Metrô Itaquera, e passou a trabalhar como entregador de aplicativo. Rosa deixou o hipermercado na mesma época e foi contratada como cozinheira na residência de Dona Silvia, no Itaim Bibi. Nos dias em que a demanda de pedidos baixava, ele buscava a namorada, que detestava andar de moto, mas aceitava, que ônibus lotado no horário de pico era páreo duro e o trajeto demorava três vezes mais. Wesley arrepiava nas avenidas, costurando entre os carros que nem um possesso, Rosa xingando sob o capacete. Ele a deixava na porta de casa, do outro lado da cidade, e em seguida voltava a rodar.

Mesmo correndo pra cima e pra baixo, o rapaz não conseguia guardar um valor mínimo, o salário não facilitava nem pra cervejinha do fim de semana. E insistia, num otimismo dilacerante, que os dois juntos, numa casinha do Jardim Lapenna, vila do coração, e mais os filhos que viriam, era felicidade certa. Vital juntar os trapos. Wesley metia planos, empilhava cenas virtuosas, esboçava varandas, mas Rosa hesitava. Ela escondia o jogo, não pegava bem contar. Talvez o rapaz não compreendesse. E não queria areia no seu projeto. Além do que, era nova demais pra se casar.

Wesley, não. Estava pronto. Queria logo a agitação dos rebentos, os pedidos e reclamações ecoando pela casa, os "papai, papai" pra lá, os "mamãe, mamãe" pra cá. No domingo, o estádio do Corinthians lotado na companhia do mais velho, no sábado, sinuca com o bacuri do meio e roda de samba com a princesinha. Todos afiados no português e na matemática, que farra tinha medida. E os estratagemas da mãe, dona Neuza, seriam repassados de pai pra filho, à exaustão, até o aprendizado principal prevalecer: sem técnica não dava nem pra sair da cama.

Na alta noite, voltando do serviço, vento gelado vibrando a capa impermeável sob o gorro, Wesley inventava o futuro, adestrava as incertezas, desenhando a moradia de dois andares, simples, mas espaçosa, e o retorno do pai, totalmente curado. Se morava ainda com a avó e a irmã mais velha, era por pura vacilação de Rosa, que por ele, esse futuro tinha começado ontem.

Ela se preparava para o vestibular de medicina. Fazia cursinho à noite e, antes de chegar no serviço, estudava. Primeira da classe, pontual nos deveres, Rosa era um crânio. Sempre fora, desde o fundamental. Embora atolada nos perrengues financeiros e familiares, despendendo horas na condução, ela mantinha a disciplina e se levantava mais cedo do que a mãe, dona Hortência, que pegava às sete. Wesley sabia do cursinho, mas não acompanhava tão de perto o seu esforço. Ser médica, fazer plantão, se matar de estudar pra depois se matar de trabalhar não parecia sensato, concluía antes de dormir. Embora concordasse, aquele roteiro não era o seu ideal de futuro. Queria a esposa em casa, cuidando dos seus filhos, como a mãe.

Rosa estudou, estudou e estudou muito. Emagreceu oito quilos, não parava nem pra beber água, almoçar era luxo. Qualquer brecha no serviço e abria o caderno. Wesley se preocupava: está um fiapo de gente, está sumindo!

No dia do vestibular, abatida e trêmula, a menina precisou de três conduções para chegar ao local da prova. Entre uma baldeação e outra, desesperou-se com o trânsito e a chuva e vomitou na calçada. Conseguiu entrar no derradeiro minuto, antes dos portões fecharem. No final da manhã, um Wesley ansioso, em cima da moto, esperava do outro lado.

Ao ver Rosa despontar lá longe, o rapaz atirou-se ao seu encontro. Pálida e abatida, ela caminhava lentamente, como se tivesse sido atropelada. Seu coração acelerou, teve medo. Naquele instante, Wesley só desejava uma coisa, que a namorada sobrevivesse ao martírio. Quando alcançou o corpo franzino, abraçou-a com cuidado, como se a moça pudesse evaporar. Rosa o mirou, comovida, e subiu na garupa.

Em março começaram as aulas. Ela conseguira: finalmente ingressava no ensino superior. Dona Hortência sugeriu um churrasco para comemorar a vitória, mas Rosa preferiu um descanso. No fim de semana, Wesley a levou de moto para Piracicaba, onde se hospedaram na casa de um parente.

Em março começaram as aulas. No primeiro dia, como orgulhosa caloura de uma universidade pública, subiu a escadaria, eufórica. De repente, um sentimento novo instalou-se, um pavor. Num misto de angústia e expectativa, atravessou o corredor do primeiro andar até alcançar o pátio onde um grupo de veteranos se amontoava ao redor de um calouro. Imaginou-se num desses filmes com estudantes universitários, onde uma jovem, com um futuro promissor, é obrigada a passar por trotes humilhantes e violentos para participar de um importante grupo de elite. Ou da jovem universitária que precisa se prostituir para ganhar dinheiro extra e terminar a graduação. E, ainda, a história do grupo que faz um pacto de silêncio ante a descoberta de um cadáver em algum esconderijo do campus. A cabeça de Rosa ia a mil grau. Ao mesmo tempo que vibrava com a conquista, antevia os sobressaltos. Porém, a realidade não permitia à sua personagem demonstrar qualquer medo.

Séculos se passaram até alcançar o segundo andar, onde cumprimentou o funcionário da limpeza, um tanto atordoado com a atenção dispensada. O professor, de rabo de cavalo comprido, mas calvo na testa, conversava com uma professora loira, de franja torta. Uma aluna estrangeira perguntou onde era o andar do primeiro ano de Biologia.

Quando Rosa entrou na sala e se sentou em frente ao quadro, teve que segurar o nó na garganta. Ah, se o pai a visse. Seu Honório teria um orgulho danado da filha, certeza. Alfaiate e eletricista, ele admirava a dedicação que a menina dispensava aos estudos. De maneira automática, Rosa alisou a barriga e deixou-se ficar assim, pensativa, acarinhando o ventre e imaginando o sorriso dócil do pai. De um golpe, interrompeu-se e olhou em volta, assustada. Censurou-se pelo descuido. Tentou simpatizar com alguém. Difícil. Estava tão esgotada de todo o empenho para entrar na universidade, que, ultimamente, não conseguia sentir prazer com nada, nem nutrir simpatia por ninguém. Consolou-se com a perspectiva de encontrar Noêmia, amiga de infância. Combinaram de almoçar no final da aula. Reparou nos colegas de classe, a maioria com clareamento nos dentes e roupas de grife. Não conseguia prestar atenção na aula, só queria que o dia terminasse. Noêmia prometera lhe passar o endereço da clínica clandestina. Até agora ninguém havia notado a barriga.

Na saída, surpreendeu-se ao ver na raia olímpica, cerca de cinquenta capivaras, algumas adultas, outras filhotes, trotando pacatamente, perto do lago. Noêmia, que cursava Biologia, comentou que a Universidade controlava a multiplicação dos animais com um programa de inibição de fertilidade.

"O pesquisador já selecionou seis capivaras pra aplicar a vacina."

"Como é feita a seleção?", perguntou Rosa.

"Ele escolheu o macho alfa, os adolescentes e os filhotes, mas a vacina ainda tá em fase de teste."

Ela notou um casal de capivaras trocando afagos dentro do lago. O veterinário aproximou-se e os gigantes roedores ruivos ganharam um pedaço de cana-de-açúcar. Fizeram um barulho de satisfação e foram se refestelar na grama.

Rosa se despediu de Noêmia no ponto de ônibus. No monotrilho, pensou que só as capivaras são felizes. Ela desceu na estação Vila Tolstói, mas ao invés de pegar a perua, resolveu ir a pé. No trajeto, um prédio alto lhe chamou a atenção. Lá estava escrito "Rosa" em tinta preta. Ao lado do seu nome, um desenho de flor.

Encaminhou-se rapidamente para casa com um leve sorriso no rosto. Sabia que se o abrisse demais, o sorriso se transformaria em soluço.

Antes de sair, feche a porta

Quando Romano entrou na sala, percebi na hora. Tenho faro bom pra esse tipo de coisa. A expressão atormentada, de quem sofreu um baque violento, de quem não saberia dizer se estava vivo ou morto, o denunciava. Incapaz de livrar-se de si mesmo até com manual. Desprovido de instruções, o fulano vestia cores berrantes só para evitar aproximação. Era um desses. Certeza. Nasci ontem, não. E, no meio tempo, oscilava entre a navalha e o jardim da frente.

Naquela época, eu bebia dia sim, dia não. Vinte e quatro horas, o máximo que conseguia ficar sem nenhum teor alcoólico no sangue. A máxima do "só por hoje" não servia para o dia seguinte, mas a escuta paciente do meu padrinho e os depoimentos dos colegas formavam um combo promissor e me faziam comparecer às reuniões dos alcoólicos anônimos toda segunda-feira. Apesar da inegável vocação para o vício, eu curtia o compromisso semanal. Total contrassenso manter hábitos tão díspares, mas coerência não era lá o meu forte. Como chegar ao décimo segundo passo se não suportava o primeiro? Talvez estivesse viciada nos biscoitinhos e no café solúvel, ou nos abraços intermináveis e nas frases de incentivo. Na hora do depoimento, eu derramava uma invejável quantidade de lágrimas. O imenso depósito armazenado no sótão da caixa torácica despejava toda aquela água com a maior facilidade. Desenvolvida a técnica, cumpria o rito com precisão: a voz embargava e o queixo tremia.

Em algumas ocasiões, o sangue aproveitava o fluxo e descia. Verdadeira consagração, menstruar e chorar, o único animal infiltrado da gangue. Enquanto sacolejava os ombros, eu escondia o rosto entre as mãos, puxando os joelhos pra cima da cadeira e aumentando a dramaticidade da cena. Tiro e queda. Os abraços apertados e os tapinhas nas costas se somavam às palavras reconfortantes. Uma vez, um senhor careca, de meia-idade, se levantou e me abraçou por meia hora. Dizia se lembrar da filha. A fala entrecortada, a respiração curta, as pupilas dilatadas, igualzinha, ele dizia, igualzinha à minha Madalena. E o careca matava a saudade dessa forma, proibido de visitar a garota. Alguns desses homens, inclusive, me levantavam no colo. Tenho um metro e cinquenta e, nesse período, pesava quarenta e cinco quilos. Sempre fui pequena, e eles se aproveitavam dessa leveza intrínseca. Podia beber litros de café e comer biscoitinhos à vontade. Mascote do grupo, mimavam-me ao ponto de receber sempre uns presentinhos, todos referentes à alimentação. Ganhava bolo, chocolate, paçoca. Eles viam em mim a filha perdida. E precisavam nutrir essa filha. O problema é que eu nunca ganhava um salgado, e a gastrite tornou-se um adversário eloquente. Reclamar? Jamais. Ter família valia qualquer sacrifício. Às vezes, eu, Edson e Laís íamos direto pro bar ou pra cama um do outro. Éramos inseparáveis. Até que Edson morreu de overdose e Laís engravidou do padrinho.

Sério, eu gostava daquele lugar. Acho que vinha do meu DNA, frequentava esse tipo de reunião desde criança. Debutei acompanhando a minha mãe para lidar com o alcoolismo do meu pai, até que finalmente conseguimos levar o coroa pra iniciar o tratamento. Depois foi a vez do primogênito. Em seguida, o irmão do meio, minha tia, meus enteados e o novo marido da minha mãe. Até ter idade suficiente pra me tornar uma alcoólatra de respeito e ir por mim mesma.

Ali eu era bem-vinda. E podia retornar na semana seguinte e esbarrar nas mesmas pessoas, e ouvir as mesmas histórias terríveis, e revelar outras piores, e, ainda assim, seria abraçada. Às vezes, ao expor um dado oculto, íntimo, lastimável em uma reunião fechada, esperava, no mínimo, uma reação de surpresa, mas não, nunca, recebia mais e mais afeto e compreensão. Aquela gente tinha uma tolerância impressionante. Eram ouvintes vocacionais. Confesso que cheguei a ansiar por uma punição. Sondava entre as fendas dos dedos, enquanto dizia tudo, tudinho, pescando cada reação. Nada. Ninguém se importava. Ou, se se importavam, fingiam uma naturalidade espetacular. De braços cruzados e cabeça baixa, imóveis, escutavam cada palavra com fanática dedicação. No final do testemunho, diziam coisas como, você pode, você consegue, você é mais forte do que pensa, um dia de cada vez. E demonstravam grande satisfação se eu prometesse voltar no próximo encontro. Eu prometia e regressava. Até aquilo se tornar um hábito. Até aquilo se tornar a minha vida. O meu objetivo.

Foi numa sexta-feira à noite que Romano surgiu pela primeira vez no Centro, e eu logo me senti fisgada. O jeito com que entrou no salão e nos encarou, antes de decidir ficar. Em pé, as mãos enlaçadas ao redor da genitália, fitando um por um, sem sorriso ou timidez. Os cabelos vermelhos. O modo como elegeu rápido o banquinho de madeira abandonado, por falta de cadeiras no ambiente. Ao carregar o tamborete por cima da cabeça, a camisa deixou escapar a boca aberta da fera, talvez um dragão, talvez um tigre, desenhado ao redor do umbigo transparente. Do ombro descia outra tatuagem, um risco preto que iria desaguar Deus sabe onde. Ele se sentou e cruzou as pernas. Os dentes encavalados e o olhar de peixe morto me hipnotizavam, perdi a concentração.

No fim da reunião, após chorar e ser abraçada por cada infeliz, menos pelo calouro, cheguei junto e puxei papo. Dei-lhe as boas-vindas e expliquei como funcionava a reunião aberta e a fechada. Ele engoliu o café num único trago e caminhamos até o estacionamento. Sem grande esforço, levei o cara pra dentro do meu fusca amarelo. Tirei uma garrafinha da bolsa e ofereci um gole de vodca. Ele me fitou espantado e recusou num gesto. A lua redonda iluminava as montanhas ao redor da cidade e parecia inchada. Ele acendeu um cigarro sem filtro, se recostou no banco e começou a falar. Os ruivos não costumam dar palestra, mas esse, puxa vida. Fixei-me no braço musculoso, translúcido, estourando pra fora da camisa, e enrolei o baseado. Ele contou a trama com a ex-mulher, com o amante da ex-mulher, um sujeito legal, mas que bebia muito. Emendou nos filhos, uns canalhas vocacionais. O primogênito decidia quando o pai devia entrar em casa. Às vezes, o trancava do lado de fora, por dias, obrigando-o a dormir ao relento. O ruivo contou da depressão, dos remédios tarja preta, da psiquiatra mercenária, do afastamento involuntário da corporação policial, por conta do uso abusivo de álcool. A família foi despejada, determinando a separação definitiva do casal. A partir daí foi só humilhação e penúria. Mas Deus é Fiel e lá se achava ele, tentando a grande virada, pronto pra iniciar os doze passos, inaugurar nova carreira, empreender do zero, só não topava namoro nem compromisso sério com mulher alguma. Não, nem pensar, fora de cogitação.

Passei a goma, acendi o beque e deixei o cara terminar. Óbvio que ele precisava desabafar com alguém, de preferência um alguém com o prognóstico adequado. Por esse motivo eu acredito em números, quem nasceu no dia nove, do mês nove, do ano nove, predestinada estava ao sacrossanto serviço de orelhão. Pra ser antena parabólica de maluco, não basta uma pequena inclinação, é indispensável a numerologia correta. A minha sorte, naquele momento, estava entre os dedos. Fitei o prensado com uma devoção obscena. Às vezes, pra transar, é preciso passar por esse tipo de coisa. Ofereci um tapa e ele aceitou. Amolecido, logo se rendeu ao encanto entorpecente da noite e tomou um gole de vodca. No botequim ali perto, entornamos até as quatro horas da manhã.

Recém-separado, morando numa pensão miserável do centro da cidade, minha única saída era levar o andrajo pra casa. Ele entrou, perguntou do banheiro e desapareceu. Ao sair, me deixou deitada, de camisola, um olho aberto, outro não, porém desperta o suficiente pra perceber o término da farra.

De manhã, ao dar de cara com o ruivo pelado, precisei de algum tempo pra rebobinar a fita. Observei o peito pálido e sardento, bem definido, a barriga trincada, o tubarão de boca aberta, os dentes ao redor do umbigo. Aos poucos, fui me lembrando: reunião do AA, fusca amarelo, prensado, bar, caipirinhas, ele rindo e depois chorando. A tentativa frustrada de agarrar esse peixe à força no banheiro do bar. O dono do estabelecimento nos expulsando e, por último, a recordação lamentável de pilotar bêbada e quase provocar um acidente no trajeto de volta. O corpo nu, rijo, musculoso, se afigurava mais belo à luz do sol. Tirei a camisola e encostei, pressionando, o peito contra os dentes do cação. Apesar de duro, ele se afastou, afirmando não estar pronto, ainda pensava na ex-mulher, nos filhos e no Arnaldo, seu cachorro weimaraner. Não me lembrava de nenhum weimaraner nessa história, se soubesse, nem teria começado.

O irrisório café da manhã, composto de biscoito de água e sal e mate, se não o constrangeu, também não o animou. Nem café tinha pra oferecer, já que economizava tomando o das reuniões. Lembrei da broa de milho esquecida pelo camarada da noite anterior. Aqueci a iguaria, mas, tão logo dividimos, me arrependi. Guardava o bolinho para um pau merecedor, não aquele ruivo idiota empanturrado de weimaraner e ex-mulher e filhos psicopatas.

Ele mordeu sem vontade e se deteve na pitangueira do lado de fora, aguardando o voo estúpido de uma rolinha, como se o pássaro pudesse carregar para longe o seu desânimo ancestral. Mastigando de boca aberta, com as costas encurvadas, o tubarão encalhado na barriga se contorcia e, visto assim, parecia um linguado. Eu nem podia fumar. O maço vazio fez nascer a velha revolta e ordenei que fosse embora imediatamente. Ele parou de mastigar e me encarou, nem surpreso, nem ofendido, apenas resignado. Como um soldado raso, largou o resto da broa no prato, levantou-se, puxou a jaqueta e seguiu em direção à porta, um homem disposto a cumprir ordens. Entretanto, quando eu já estava com a mão na maçaneta, pronta pra maldizer a noite perdida e caçar guimbas no lixo, ele se virou e me examinou com atenção. Um brilho estranho relampejou em seu olhar. Sem dizer nada, ele empurrou a porta com o pé – ouviu-se um ruído seco –, avançou e pôs as mãos ao redor da minha cintura. Tirou o cinto, abriu o meu roupão e se deteve na nudez, compenetrado. Ficou olhando, notando cada detalhe, cada pinta ou cicatriz, sem dizer nada. Vi que estava duro e que se tocava. Com a educação de um lorde inglês, pediu licença: "Preciso te comer agora, tá bom? Senão vou gozar". Assenti. Ele me virou contra a parede. Enquanto metia, mordeu o meu pescoço e sussurrou putarias. Depois me levou pra cama e trepamos até anoitecer.

A despeito de ser sábado, eu não gostava de perder a reunião. Comecei a ficar tensa. Ele permanecia disposto a mais uma rodada e alisou as minhas costas. Avisei que precisava sair. O sujeito me encarou intrigado, dava para ler em seu rosto a enorme decepção, após tanto empenho e suor.

Naquele tempo, eu trabalhava como cuidadora de idosos durante o dia e reservava a noite para a reunião do AA. Alguns anciões me telefonavam de madrugada ao se meter em encrenca – beber escondido, transar com garotas de programas e ser flagrado, participar de jogos ilegais – ou ao cogitar suicídio. Nessa época, eu era capaz de dar bons conselhos e ninguém se matou.

Entre um lance e outro, bebia. Mas o ruivo apareceu e desorganizou tudo. Convencido de que eu havia me apaixonado por ele, mesmo sem grandes demonstrações de minha parte, o sujeito não fazia a mais vaga ideia de que a única aspiração que eu nutria era ser coordenadora do grupo. Eu concentrava toda a energia naquilo. Sonhava em entregar fichas, organizar apresentações e eventos regionais, nacionais e, quem sabe, internacionais. Nas horas vagas, estudava inglês e na ocasião certa daria entrada no passaporte. Fechava os olhos e imaginava o dia em que coordenaria uma apresentação internacional do grupo. Tinha planejado cada detalhe. Até que Romano levou um tiro.

Não um casamento nos moldes tradicionais, somente a divisão da cama e das contas. Bom, talvez um casamento seja apenas isso. Na primeira noite, já deitados, logo após a alta do hospital, com as malas plantadas no corredor de casa, empurrei Romano e sua apneia para fora da cama. Arrependida de ter permitido a mudança, o castigava e punia. Insone, me sentei na beirada da cama e acendi um cigarro. Admirei o sujeito caído. Apesar da queda e do piso frio, ele continuava mergulhado nas profundezas, sem sinal de regresso. A boca aberta o tragava e sugeria um engasgar-se na própria respiração. Soltou um pigarro e tossiu. Em seguida, parou. Silêncio. Esperei o som pesado surgir de novo. E de novo.

Definitivamente, eu não queria aquele homem na minha cama, na minha casa ou na minha vida. Ademais, alcoólatra, ex-policial e atual manquitola. Com um tiro na perna disparado pela ex-mulher só porque resolveu buscar suas coisas de madrugada e pulou o muro. Ela o confundiu com um ladrão qualquer e saiu atirando. Inválido não estava, contudo teria de usar muletas. E o pior nem era aquilo. O pior era o tipo de raciocínio, a sua lógica de cretino. Antes de largar as malas no corredor, com o pé ruim do lado de fora, arriscou a primitiva lição de moral.

"Você tem quase trinta anos, precisa organizar a vida. Não acha que está passando da hora de ter filhos?", questionou o homem ferido pela ex.

Filhos? Do que aquele capenga sem eira nem beira falava? O indivíduo mal tinha limpado os pés no tapete de entrada. Sua bagagem cheirava a vodca, weimaraner, sangue, pólvora e crianças homicidas. Apesar disso, ele propunha herdeiros, saudoso de dormir ao relento, expulso a vassouradas. Não soltei nenhum parecer e fui direto ao banheiro me socar pra ter certeza de que não se tratava de um pesadelo. Pensei nos homens que não beijei. Nos homens com quem não dividi a banheira. Lembrei do cara da broa de milho e o seu sonho de um banho prolongado a três. Traficante discreto, levemente obeso, me presenteava com caixas de rosquinhas e bolo de maconha; o caixa do posto de gasolina e a sua mania de limpeza, adorava varrer a cozinha, esfregar os azulejos e ouvir o som do aspirador de pó durante o sexo. Sua assepsia economizava a faxina semanal; o marceneiro não era tão bom de cama, mas consertava os objetos quebrados. A cama e o armário resistiam graças ao seu enorme talento. E Adélio? Poeta e encanador. E cozinhava pratos refinadíssimos, o melhor vatapá do bairro.

Até que para uma ninfomaníaca alcoólatra eu tinha um razoável bom gosto. E agora isso. Um coxo moralista no meio do caminho.

Só com o toque do despertador Romano percebeu onde estava. Escutei o gemido e inclinei a cabeça pra baixo da cama. Ele se contorcia e girava o pescoço em sofrimento. Fingi que não ouvi, me levantei e fui pra cozinha, fiz mate e acendi um cigarro. O dia estava quente e o céu, limpo. Tomei banho e voltei ao quarto pra me trocar. Acendi a luz. Ele se mantinha deitado no piso frio, em posição fetal, gemendo baixinho e apertando a perna machucada. Bati a porta da frente e saí correndo em direção à clínica de idosos.

Retornei às cinco da tarde e me deparei com o ruivo bebendo e fumando, sentado diante da mesa da cozinha, magoado. A garrafa de vodca quase vazia, em companhia do cinzeiro abarrotado de guimbas, denunciava a aspereza do ânimo. Ele não se moveu enquanto eu me movimentava pra lá e pra cá. Ao abrir o armário da despensa, me surpreendi ao vê-la abastecida de vodca, latas de salsicha, de milho, pacotes de macarrão e de cigarro, molho de tomate e uma quantidade de café capaz de manter uma múmia acordada até o próximo milênio.

Perguntei onde diabos tinha conseguido grana pra comprar tantos mantimentos e, sem erguer os olhos, com a voz rala, jogando a cinza no pires, Romano explicou sobre um adiantamento, antes de voltar ao serviço, na próxima semana. Eu quis saber da perna, se a dor havia diminuído, mas ele não respondeu, apenas soltou a fumaça vagarosamente. Como conseguiu fazer compras com essa perna fodida? Soltou um nome qualquer, que nem me lembro agora, um colega do trampo ou um cacho antigo. Por fim, avisou da consulta médica no dia seguinte. Fui me trocar. Uma hora depois, ao passar pela cozinha, vi que Romano permanecia sentado, fazendo círculos com a fumaça.

Na reunião aberta, reparei num participante novo. Devia ter uns dezessete anos, um moleque magrinho, de bermuda e boné, mascando chiclete. Ele me sacou, encarando, e no intervalo, tomando café e comendo biscoito, combinamos tudo. Mencionei Romano, explicando que não dava pra ser na minha casa, também não podia ser na dele, já que morava com os pais. Optamos pelo fusca. Durante a segunda metade da reunião, o moleque não prestava atenção em nada e mal conseguiu se apresentar, apenas balbuciou o nome e contou tratar-se da primeira vez. Eu me divertia horrores com aquilo, ele parecia desesperado e inquieto, ajeitava a calça sem parar, me encarando, do outro lado do círculo.

No carro, tirei a calcinha, baixei sua bermuda, montei em cima dele e transamos, impacientes. O vidro logo ficou embaçado. Enquanto ele lambia os meus seios e puxava o meu cabelo pra trás, vi uma pessoa imóvel, do lado de fora, nos examinando. Diminuí o ritmo, mas, concentrado, o garoto apertava a minha cintura implorando que não parasse. Esfreguei o vidro da janela e notei o homem com uma arma apontada em nossa direção. Saltei de cima do menino. Era o ruivo, de cara fechada, o olhar ferido, alucinado. Ele segurava a arma em uma mão e se apoiava na muleta com a outra. Mexeu os lábios, mas não foi possível ouvir. Ele se aproximou e bateu no capô com o punho cerrado.

Após um breve silêncio, acelerei com tudo e quase o atropelei. O menino, com a bermuda arriada, conservava a ereção intacta, chacoalhando pra cima e pra baixo, no banco do carona.

Circulamos a noite inteira pela cidade, tentando decidir o que fazer, eu não queria voltar pra casa. O garoto perguntou se não era melhor ir à polícia prestar queixa, porém expus a situação, informando o longo período de Romano na Civil e a solidariedade dos colegas da corporação. Parei o carro perto do acostamento e acendi um cigarro. O moleque botou a cachola pra funcionar e descolou um canto.

O apartamento do seu amigo situava-se na zona leste. O rapaz que abriu a porta, moreno e musculoso, morava com a avó, surda, paralítica e num estágio avançado de Alzheimer. A velha, sentada de frente à tevê, recebia comida na boca de uma senhora robusta e forte, que contrastava com a fragilidade raquítica da avó do anfitrião. Enquanto forçava o mingau, a mulher escutava um áudio no volume máximo. A velhinha tapou os ouvidos com as mãos e revelou a banguela numa careta. Tive vontade de arrancar o aparelho da cuidadora e jogar pela janela.

O rapaz nos guiou sem hesitação para o seu quarto. Meteu Pearl Jam na caixa de som, trancou a porta e acendeu um baseado. Fumamos debruçados sobre o parapeito com vista para o Santuário Nossa Senhora do Sagrado Coração. Em seguida, tirei a roupa e fiz sexo oral no dono da casa. Transamos a noite inteira, os três, e nos apertamos na exígua cama de solteiro. Um vento frio soprava de longe. A luz acesa da varanda movimentava as sombras do teto. Por algum motivo, pensei em Romano, nas sardas, no tiro, no corpo escultural, nos dentes pontudos do tubarão rodeando o umbigo. Estremeci. O vento havia aumentado e dava para ouvir os galhos se partindo do lado de fora. Nos alcoólicos anônimos, indicavam não se manter ocioso demais, principalmente no começo da recuperação, pela tendência de se substituir um vício por outro. Eu ainda bebia, mas não como antes. Em compensação, transava mais e fumava muita maconha. No breu, a lembrança da arcada escancarada e repleta de dentes do peixe marinho ameaçava me engolir. O buraco queimando no íntimo, a fenda aberta. Nem com toda a terra do planeta seria possível estancar essa sangria. O quadro, em frente da cama, exibia a foto de uma onda gigante e um homem minúsculo sobre a prancha, de braços abertos, tentando se equilibrar no meio do tubo feito de água. Toda aquela água prestes a desabar sobre o globo, arrastando o medo, o cansaço e a solidão para o fundo do mar. Mas desse fundo, outros fundos brotariam, não importava quantos ou com que força, esse túnel subaquático não parava de crescer. E de se alargar. Do pânico, o subterrâneo se fundava. E o cadáver, novamente tragado, desceria lentamente até ser triturado de vez pela escuridão.

Ao me levantar, na manhã seguinte, o sol brilhava no céu azul. Os dois dormiam, abraçados, a luminosidade compondo manchas de fogo na pele adolescente. Peguei a roupa e me afastei na ponta dos pés. Ao sair do banheiro, me espantei ao avistar a avó do rapaz, sentada na beira da cama, mirando o vazio com a gravidade devota das anciãs. Ela nada dizia ou fazia, apenas lacrimejava em silêncio, mãos pousadas sobre a camisola suja, o odor de mijo impregnando o ambiente. Estacionei diante do cômodo, observando a velhice, por alguns anos, até seus lábios começarem a se mover como se quisessem alcançar a última palavra, um dizer derradeiro. No entanto, não havia forças suficientes, a sua voz não alcançava nem o primeiro andar. Aproximei-me, tentando entender o que a anciã desejava, se tinha fome ou sede. Sentei-me ao seu lado e aproximei o ouvido do hálito morno. Algo se movia em seu interior, emitindo um ruído seco. Virei o rosto e vi que mastigava a dentadura. A mulher me encarou, parou de mascar e contraiu a boca. Tentei sorrir, disfarçando a curiosidade com uma artificial simpatia. Levantei a mão para afastar delicadamente o cabelo do seu rosto oleoso. Ela apertou os olhos e cuspiu a palavra: "puta".

Sentada no meu fusca amarelo, em frente à garagem, aguardei não sei quanto tempo. A casa parecia desocupada, mas alguém rastejava ali dentro. Aquele maldito ruivo tinha roubado o meu lar, a minha privacidade, a minha vida. Ele me seguia, me apavorava, apontava armas, provocava gatilhos. Como pude ser tão idiota? Não devia ter deixado o sujeito trazer malas, caixas, compras de mercado, atulhar a minha casa com a sua parafernália satânica. Ainda por cima, ex-policial. Eu detestava policiais. E agora tinha uma amostra da segurança pública abrindo a geladeira e devorando broas na mesa da cozinha. Nesse momento, pensei ter visto algo se mover perto da janela. Então disse a mim mesma que precisava tomar as rédeas da situação. Não podia ser refém de um ruivo qualquer.

Me recompus, levantei a cabeça, saí do carro e entrei pelos fundos. No interior, escuro e quietude. Deitado de costas, completamente nu, um rubro adormecido. Sua respiração ofegante emergia da boca excessivamente aberta como se prestes a despejar uma verdade descomunal. A garrafa de vodca, pela metade, se equilibrava na cabeceira junto ao revólver. Quando me aproximei pra dar um gole tropecei num volume peludo e vi o rabo sob a cama. O cão se ergueu e esfregou o focinho na minha canela. Só podia ser Arnaldo, o tal weimaraner. Inacreditável. O bicho me encarava, língua de fora, ansioso por um afago. Decepcionado, soltou um resmungo e recolheu-se no canto.

De pé, diante de Romano, reparei nele com atenção. Parecia um cadáver. Se não fosse a respiração ruidosa, o acreditaria morto, tão imóvel e transparente, braços cruzados sobre o peito sardento. Falecido, eu não temeria mais nada. Ou esperaria coisa alguma. Tudo voltaria a ser como antes. Tirei a camisola e continuei em pé, como se aguardasse um sinal. De vez em quando, o seu corpo tremia e se arrepiava inteiro, semelhando um despencar da altura de um astro. Tragado por outros silêncios, puxado pra não sei que abismo, ele descia pra uma margem duvidosa, escorregadia, anterior a si mesmo. Tomei o terceiro gole de vodca e me deitei. Fechei os olhos e virei-me pro lado oposto ao dele. Ele se aproximou e me abraçou por trás, rijo. Enquanto Romano se mexia pra frente e pra trás, eu sabia que precisava tomar a decisão e falar naquele instante, mas uma substância líquida escapou do meio das minhas pernas e não enxerguei mais nada, apenas continuei caindo devagar. Abri os olhos e comecei a sentir medo. Eu só precisava dizer: antes de sair, feche a porta.

Mais tarde, avisei, em tom baixo, mas com energia, que ele não conseguiria me controlar, cercear encontros, nem podia andar armado por aí, me ameaçando. Eu topava dividir a casa, a cama, a broa de milho, até conviver com o maldito cachorro, mas não me tornaria a moça das compotas de frutas tropicais, fazedora de geleia.

Naquela manhã, ele derramou vodca no meu ventre e lambeu. De tarde, prometeu me matar. Jurei não aturar esse tipo de coisa. Transamos até escurecer e só saímos pra comprar vodca e cigarros. Na banheira, cantamos "Stairway to Heaven" e fumamos um skunk. De noite, fomos juntos à reunião do AA.

O intruso

Um sábado de junho. Os quatro estavam sentados em volta da mesa no jardim dos fundos da casa tomando vodca. Silvina, cantora lírica e anfitriã, estava falando. Era uma casa confortável, distante da cidade, em um condomínio fechado. Havia uma meia dúzia de casas por ali, mesmo assim eles viviam bem isolados. As sombras da tarde estampavam nos rostos formatos diferentes, que pareciam ajustar-se perfeitamente ao temperamento de cada um. Além de Silvina, que comemorava aniversário naquele dia, e seu segundo marido, Vicente – que eles chamavam de Vince –, estavam Olga e o marido, Lucio. Ambos os casais moravam no mesmo condomínio, mas quase não se viam. A soprano falava de sua participação na ópera "La Traviata" e da empáfia escandinava do maestro, um chato. Cantora celebrada no meio erudito, vivia com um lenço em volta do pescoço e ninguém podia tossir a menos de três metros de distância. Sua presença exalava um persistente hálito de pastilha Valda. O marido era cardiologista e a observava com admiração. Perto dela, Vicente se sentia parte de um espetáculo teatral. Às vezes isso podia soar irritante, mas na maioria dos casos lhe parecia divertido. Havia um balde de gelo no centro da mesa e eles se serviam sem parar. A tarde estava quente, mas ventava, e o movimento das árvores retirava do quadro qualquer pretensão frívola, espalhando no ar um perfume tóxico. Os casais também pareciam balançar para lá e para cá com seus sorrisos borrados, seus braços suspensos no ar, incompletos, flutuantes, no ritmo entorpecido do álcool, despejando esqueletos de palavras. De longe, se alguém os pintasse, não desenharia pessoas, mas garranchos. As crianças jogavam videogame na sala de visitas. Estavam estranhamente silenciosas.

Olga contava que a filha mais velha tinha acabado de ganhar uma bolsa para estudar no exterior e viajaria dali a duas semanas. Sua voz embargou e a palavra "duas" saiu sem força, esmagada. Ela interrompeu o que estava dizendo e fixou-se num galho quebrado, partido em dois, com uma das partes apontando para cima, como um punhal afiado, tendo o céu como mira. E calou-se. Enquanto dava grandes goles no copo de água, Lucio explicou que Isadora era uma excelente advogada e que os dois estavam muito felizes de a filha ter seguido a mesma profissão. Os menores, Pedro e Valéria, ainda estavam no ensino fundamental e demoraria algum tempo até se formarem e partirem para longe. Silvina e Vicente também estavam juntos há quase vinte anos e precisaram se adaptar à nova rotina desde que os filhos foram embora.

Os quatro começavam a sentir os efeitos da vodca e arrastavam as palavras. Lidiane espalhou os potinhos de amendoim e castanhas rapidamente sobre a mesa, já pronta para sair. Silvina mastigou um pedaço de salame, esvaziou o copo e o gelo estalou nos seus dentes. Ela mirou ao redor, satisfeita. A mesma indolência provocada pelo remédio para dormir pesava-lhe agora sobre as pálpebras, mas, ao invés de desânimo, o pileque lhe suscitava um delicioso prazer. Esse apaziguamento, apesar de fabricado, formava entre ela e o mundo certa aderência. Sim, ela havia conseguido reunir os amigos na casa recém-reformada para celebrar os seus cinquenta anos. Eles estavam ali, refestelando-se de vodca e salame, no seu gramado bem cuidado, onde as árvores cresciam, vultosas. Em um canto, à direita, fizera uma pequena horta com ervas de temperos, que ainda rendia tomates saudáveis, tomates-cereja. Os filhos estavam grandes, formados em boas universidades, um casado, o outro não. Em breve, ela seria avó. O horizonte ali na frente, espremido entre as montanhas, teimava que teimava em expelir um sol diário. Sim, sobrevivera. E, apesar de tudo, Vicente permanecia ao seu lado. Restava um vestígio a que se agarrar. Um vestígio de... de... Não saberia dizer. E a despeito do temperamento algo áspero e arredio, ainda contava com bons amigos. Os filhos foram embora, mas a vida seguia.

Eram por volta das cinco horas da tarde e as mulheres riam de uma história contada por Lucio sobre a gafe de um advogado iniciante. Vicente acendia o *Cohiba*, infestando o ambiente com aquele característico odor do tabaco, quando a campainha soou. A dona da casa se levantou de súbito, alarmada, como se tivesse sido atingida por um raio, e levou a mão ao coração. Antes de alcançar a cozinha,

Lidiane surgiu diante deles, alisando o avental com as mãos úmidas e avermelhadas.

"O que houve, Lidiane?", perguntou Silvina, aflita.

A cozinheira fitou aquelas pupilas assustadas e, enquanto repunha a garrafa no balde de gelo, respondeu, calmamente.

"Não foi nada."

"Como nada?", perguntou a dona da casa, mãos crispadas, olho rútilo.

"Quem tocou a campainha, Lidiane?", Vicente disse e soltou uma longa baforada na tarde. Lidiane se engasgou com a fumaça e tossiu até ficar vermelha. Olga lhe estendeu um copo de água, que a mulher tomou em pequenos goles, enquanto a plateia aguardava, ansiosa. A cozinheira recuperou o fôlego e apertou com força a garrafa vazia.

"Um mendigo", Lidiane disse.

Todos os presentes, como se convocados a uma assembleia extraordinária, se levantaram ao mesmo tempo.

"Mendigo?"

"Aqui?"

"Como assim?"

"Dentro do condomínio?"

"Mas aqui não entra morador de rua, Lidiane!"

"Nunca vi."

"Nem eu."

"Não tem."

"Que mendigo, minha filha?"

"Não sei, nunca vi. Um senhor, um pedinte."

E Lidiane permaneceu parada, ainda incomodada com a fumaça, olhos miúdos, inflamados. Ela tentava compreender aquele alarme todo por causa de um pobre coitado que apenas havia tocado a campainha em busca do cão. Desorientada com a fumaça e com os pedidos da patroa, esqueceu-se de explicar o que o homem queria. E como não havia visto cachorro algum, bateu a porta e deu o caso por encerrado. A moça trabalhava ali há pouco tempo e não sabia nada de condomínios fechados e áreas de lazer e muros altos com cercas elétricas. Ela não se especializara nisso, ela crescera na rua, ao ar livre, diante de pessoas e coisas, entre bichos e árvores. Deixou-os imóveis e perplexos no jardim e foi cuidar da vida. Na cozinha, retirou do forno a vasilha com o suflê de legumes, preparado para o almoço do dia seguinte. Os quatro amigos permaneceram em pé, compenetrados em algum embargo interior. Depois, como se ensaiassem, com a solenidade sincronizada de um coro de orquestra, sentaram-se em silêncio.

"Um mendigo", Lucio disse para si mesmo, buço encharcado de suor. E repetiu a palavra mais uma vez até familiarizar-se com ela. Não que não tivesse visto alguns, muitos, milhares até, não só aqui como no exterior. Mas nunca tinha se deparado com um deles fora do cenário habitual. "Um mendigo ali, naquela lonjura, num bairro afastado de tudo?" Lembrou-se do dia em que avistou a faxineira da firma na festa de Réveillon. O patrão havia convidado todos os funcionários para celebrar a virada do milênio em um navio e a mulher surgiu bem na sua frente, tão desconhecida quanto familiar, uma mulher com quem esbarrava todos os dias, há vinte e cinco anos, só que agora sem o uniforme e a touca, equilibrando-se num salto vermelho bem na proa da embarcação. Então reparou que nunca a tinha notado. De repente, sem mais nem menos, estava diante de uma jovem senhora, de vestido lilás rendado, acompanhada do marido e das filhas adolescentes. Ela lhe acenava, animada, entre um gole e outro de espumante. E houve também aquele momento surrealista em que esbarrou com o garçom no metrô. Aquele era o *seu* garçom, do restaurante no qual almoçava diariamente, em frente ao escritório de advocacia. Estavam os dois no mesmo vagão. Lucio o encarava, intrigado, num esforço. O sujeito o olhava de volta, sorrindo, compreendendo a situação, tantas vezes vivenciada. Apesar do empenho, Lucio não o alcançava. E só descobriu quando o próprio garçom, o *seu* garçom, acabou com a angústia e lhe explicou com todas as letras que ele era o Ednaldo. Que presepada! Claro que ele era o Ednaldo. Só que sem o tradicional paletó branco e a gravata borboleta. Como esquecer uma coisa dessa? Se convivia mais com o Ednaldo do que com a própria esposa. Inclusive, haviam se visto hoje, um pouco mais cedo, quando Ednaldo lhe serviu uma bacalhoada caprichada, que ainda vibrava no seu estômago. Lucio exclamou uma praga em voz alta para expulsar a maldita lembrança, mas ninguém notou. Ele arregalou os olhos, fitou o horizonte, esvaziou o copo e engoliu uma azeitona. Mirou para além da piscina, na direção das montanhas, perto da rodovia do outro lado.

No meio de um voo, o sabiá de bico amarelo-ouro se ergueu indiferente, sob o céu de outono. Olga tentou agarrar-se à sua asa, voando o mais rápido possível para longe dali. O pássaro alegre ia para onde? Olga dependurou-se e subiu em direção a... a... Não sabia, mas, já distante, nem olhou para trás. Aliviada de estar longe de garrafas cheias e vazias de vodca, distante do ruído de crianças, do embaraço de adultos, do seu marido calvo e tedioso, do mendigo e de todos os moradores de rua. Amarelo é sinal de bonança e anúncio de dinheiro, avisou ao sabiá, que logo a despejou numa caçamba de lixo.

Vicente fumava o seu charuto, tranquilo. Não havia o que temer. Nem o que esperar. A vida era assim e havia de ser sempre. Vazia e surpreendente. Até o fim seria da mesma forma e ainda bem. Precisava averiguar na sua caixa umidificadora quantos charutos ainda o aguardavam e se seria o suficiente até domingo. Caso contrário, teria de correr à tabacaria do centro. Dentro do condomínio não havia charutos, nem apreciadores de charutos, ou de coisa alguma. Aquilo era um mausoléu.

Silvina se perguntava se o intruso não vinha lá de baixo. Lá, daquelas casas ali. Não muito distante do condomínio, havia uma rua e nessa rua um beco com uns casebres de madeira, que mais pareciam depósitos abandonados. Era um beco do qual ela nunca se aproximava. Seus olhos endureceram e, não aguentando mais a situação, decidiu levantar-se, pois queria ver por si mesma. Intrépida, atravessou a cozinha e foi até a porta de entrada. Abriu.

Ninguém. Na varanda, mirou em torno. Desceu a escadinha, não havia rastro. Suspirou, tranquilizada. E ainda com o copo na mão, caminhou pelo quintal, sentindo o último raio de sol aquecer sua garganta. Frondoso, o flamboyant derramava sobre o portão da frente o seu tom alaranjado. Ao lado da entrada, os botões de lírios se abriam convidativos. Deu a volta e ficou diante da acácia, imensa, elevando as folhas e as flores amarelas para o sol. Nos últimos metros do terreno, ela tinha plantado um limoeiro e duas laranjeiras. A beleza da tarde a fez esquecer-se do que buscava. O jardim estava assustadoramente vivo.

De repente, ouviu um ruído atrás de si. Um canzarrão cinza cavava a terra, próximo ao pomar. O grande focinho marrom farejava restos. Silvina tentou afastá-lo dali com um gesto, mas preferiu não se acercar muito. Antigamente, quando os filhos ainda eram pequenos, volta e meia, um cachorro ou outro da vizinhança surgia para brincar no jardim. Depois não. Aquietou. Contudo, mesmo sem receber essas visitas inesperadas, sabia reconhecer os animais do bairro. Este, por exemplo, era um completo desconhecido. Estava sujo e cheirava mal. Ele balançava o rabo, a língua de fora. Silvina permaneceu imóvel, pés fixados à terra. O animal possuía orelhas longas, espectrais, e algumas feridas se destacavam entre a fina pelugem. Ele parecia faminto e a encarava com uma curiosidade humilhada. Em seguida, deu-lhe as costas e voltou a cavar. Numa excitação crispada, produziu um buraco. Foi quando meteu o focinho lá dentro e deu um solavanco. As orelhas sobrenaturais tremularam.

Seguiu-se um gemido seco. Silvina prendeu a respiração. Havia algo preso na boca do bicho. Uma coisa viva, que se contorcia de vez em quando. Ela tentou aproximar-se para ver o que era. Então seu ar amigável sumiu e ganhou ar de fera. Ele exibiu parcialmente os dentes e rosnou. Um rabo comprido e liso escapou de sua mandíbula, fazendo-o espumar ainda mais. O cão trincou os dentes com energia, prendeu a caça. Silvina ouvia as batidas do próprio coração. Ao recuar, amedrontada, perdeu o equilíbrio e caiu de costas, na grama. O cachorro soltou a presa. Rente ao arbusto, próximo aos tomates-cereja, o rato agonizava. Antes que a mulher tivesse tempo de gritar, o cão latiu.

Com uma pontada nas costas e o pescoço dolorido, ela conseguiu erguer-se sem grande dificuldade. Do outro lado, o rato abatido. Entre os dois, o cachorro decidia o que fazer. Silvina se apoiou na pitangueira. Por cima do seu ombro, um pigarro repleto de impaciência interrompeu a cena. O cachorro aproveitou para fugir, largando a refeição para trás. O homem perguntou o que tinha acontecido. A mulher não soube responder e continuou espanando a terra do vestido. Notando seu desaprumo, ele a segurou pelo ombro e a beijou no rosto com certa benevolência, como se estivesse diante de uma criança. Ela virou-se para o marido. Estranhou aquele rosto cansado, envelhecido, envolto em fumaça. De quem era?

"Você caiu?"

"Foi só um tropeço."

"Hora de fechar a conta."

"Não estou de pileque."

"Certeza?"

"Absoluta."

"Machucou?"

"Um pouco."

"Então vem pra dentro, meu bem. Melhor."

"Já vou."

"Não demora. Temos convidados", disse Vicente, com um leve tom de censura na voz.

Ele não percebia nenhuma alteração no jardim? Não compreendia que ali, ao lado deles, sobre o fresco gramado, algo morria? Ela o observou com atenção, mas nada encontrou a não ser um sujeito meio gordo, meio calvo, tão familiar e tão distante. Ele pôs a mão sobre o seu ombro, e ela sentiu todo o peso dessa mão, toda a sua infeliz umidade, seus dedos inchados de acúmulos e engasgos, suas pragas e omissões. Então, o marido se afastou e ela voltou a pensar no rato.

Meu Deus, onde foi parar! Em que inferno, quem preparou essa armadilha? Justo no seu aniversário. Nem em seus piores pesadelos imaginava dividir o mesmo espaço que um rato. Haveria mais? Que outros segredos aquela casa guardava? Que outras ameaças a esperavam? Ninguém, nem o jardineiro, nem o marido, a cozinheira ou os filhos mencionaram qualquer possibilidade de invasão. Era como descobrir uma doença num corpo jovem e saudável. O pomar era esse corpo. O cão voltava. E se aproximava do arbusto, com avidez. Naquele instante, ela sentiu um desejo brutal de salvar o rato.

Os pequeninos olhos, atemorizados, diante da extinção. O vira-lata abocanhou o bicho de novo e o jogou pra cima, divertindo-se com o novo brinquedo, cada vez mais distante da salvação. O cão poderia continuar com esse jogo por quanto tempo? Quantas horas dura um massacre? Não, ela não suportaria. Sofria pelo rato. Será que deveria matá-lo? Sim, matar o pequenino roedor, que mesmo retalhado, ainda se mexia. Sacrificar para diminuir o tormento. Não, não podia. Ela nunca matou. Nunca. Queria continuar assim, isenta de barbárie. Se ao menos conseguisse retornar ao terraço.

E esquecer.

Ela quis tanto esse encontro, foi tão difícil combinar, ter coragem para sair do isolamento. De longe, escutou o brinde seguido de risadas. Na sacada, perto da piscina, os convidados fumavam charutos, tomavam vodca, se deliciavam de salame e queijo. E havia o perfume das azaleias e da dama-da-noite. Lá, onde ela estava agora, não. O cachorro deixara no ambiente um rastro de destruição. Devorada pelo horto, Silvina se dobrava aos mistérios do terreiro. Estava presa, não conseguia escapar. A presença subterrânea tinha o seu componente contagioso. O rato envenenou a acácia, o flamboyant, os tomates-cereja, os lírios em flor. A iminência da morte habitava o quintal. Era irreversível.

O cão havia sumido. Ela saiu em sua busca, mas nada encontrou. Atravessou a varanda e foi até a cozinha falar com a funcionária.

“Lidiane, você sabia da presença do rato no jardim?”

“Rato? Aqui? Nunca!”

"Vi um perto do pomar."

"Meu Deus do céu, da onde surgiu esse bicho que eu nunca vi?"

"Não faço ideia. E aquele cachorro?"

"Cachorro? Que cachorro?"

"O vira-lata que tá aí fora."

"Ah! O cachorro!"

"Como assim, criatura? Você conhece?"

"O mendigo disse que procurava o seu cão."

"O sujeito que tocou a campainha?"

"Foi. Disse que o animal tinha fugido."

"E por que você não me disse isso antes?"

"Não sei. Esqueci. Achei que ele tava bêbado."

"Bêbado? Mas por quê, o que ele fez?"

"Ele tava todo sujo, molambento, com hálito ruim, cheiro ruim. Não devia de ver banho há muito tempo. Tinha as mãos imundas, parecia barro. E ficou chamando um nome."

"Que nome?"

"Acho que era um tal de Vitalino. Uma coisa assim."

"O nome dele?

"Do cachorro. E depois ficou parado olhando essa estátua."

"A do São Francisco de Assis?"

"Não. A do boi."

Silvina pegou a pequena cerâmica policromada. Adorava a arte desse ceramista, um nordestino que morava perto, homem muito simples e humilde, mas respeitadíssimo na região. O boi a encarava com enérgica disposição. Seus olhos de barro a lembraram do vira-lata desaparecido, do rato estendido na grama e dos convidados de pileque. Os ponteiros do relógio feriam o silêncio da casa. Lá fora, o lusco-fusco trazia uma pausa no abafamento, mas não abrandava os ânimos, agora com matizes menos pastéis e mais violáceos.

Ela se virou para a janela. A camada azul do céu havia se rendido, escurecia. Em pouco tempo, não haveria mais nada para se agarrar no horizonte. O vento havia ficado mais forte. Fixou-se na única fenda iluminada do crepúsculo, como se pudesse tomar emprestada essa nitidez, alcançar certa fagulha, afirmar uma compreensão. E aceitar, na recente descoberta, uma reserva de calor. Ficou junto à janela e esperou. Não queria perder os últimos minutos de luz.

Ela nem percebeu quando Lidiane se aproximou.

"Até segunda, dona Silvina. Bom domingo."

E a moça sentiu um alívio imenso quando bateu a porta atrás de si e se viu sozinha, livre da tímida reunião de aniversário, da fumaça dos charutos, longe da prataria, da bandeja de frios, dos quadros de natureza morta, das exigências do patrão e daquele espírito em sobressalto característico da madame. Pôs os fones de ouvido, apertou o play e deixou por conta de Bruno e Marrone a trilha de sua viagem de volta.

Antes de chegar ao ponto de ônibus, passou pela guarita e cumprimentou Seu Zé, que assistia à final do campeonato no pequeno aparelho de tevê. Tinha até se esquecido do jogo. Amarildo devia estar possesso com o gol contra. Na casa dos patrões, ninguém ligava para futebol, não havia torcida, nem churrasco. Lidiane sentiu o frescor da tarde e, por um instante, a liberdade das ruas, acompanhada da sua música preferida, a fez perceber o tamanho da própria vitalidade. Sentiu-se forte, viva, uma mulher em plena forma. No fim do expediente, rumo ao encontro do marido e do filho, pensou que a sua vida havia, finalmente, entrado nos eixos. Depois de um longo e tenebroso inverno, Amarildo renunciara à bebida e o filho arrumara um bom emprego. Suspirou e acariciou a barriga de quatro meses. Uma pontada a fez se crispar inteira. Lembrou-se do rato no jardim. Meu Pai Amado, tinha esquecido completamente do bicho. Na pressa de ir embora, não colheu o defunto. Só foi se lembrar disso já perto do terminal.

Silvina tirou as sandálias antes de sair da cozinha e, mergulhando os pés na grama, rodeou o terreno, atenta ao espaço proibido, aquele do pequeno roedor. Encontrou Vitalino perto da garagem. Arrumou uma cumbuca de água e outra de carne moída e sentou-se ao seu lado. Sentiu um estranho prazer ao admirar a voracidade implacável e bestial. Um piscar de olhos e não havia nenhum resquício no pote. Lambendo os beiços, satisfeito, Vitalino a seguiu até a cerca. Quando acendeu a luz de entrada, Silvina viu o velho, perto do portão, do lado de fora. Sentado sob a araucária, à beira da estrada, o indigente aguardava o amigo fujão sem aparentar zanga. Algo se movia em suas mãos inquietas, uma espécie de massa, que ele moldava no escuro. Ao ver a mulher, o sujeito levantou-se, assustado. Vitalino correu ao seu encontro na maior cara de pau. O farol do carro iluminou melhor o rosto. Então, ela o reconheceu.

Era Mestre Severino, o famoso artesão do bairro. Além de confeccionar peças artesanais, era responsável pela Casa Museu da região. O ceramista havia criado a maioria das esculturas que decoravam as salas do condomínio, inclusive a sua. Cuidadoso com os mínimos detalhes, o artista moldava obras conhecidas no mundo todo. Alcoólatra e doente, o velho parecia um trapo. Silvina viu, em suas mãos machucadas, o nascimento de um de seus famosos bois.

Ela sorriu para o artesão, o rosto grave, compenetrado, de quem recolhe indícios para imortalizar mais tarde. As mãos grandes e peludas ainda trabalhavam, ininterruptas, obsessivas, na criação da obra. Imerso na noite, a sua figura hipnótica, talhada em madeira, lembrava uma xilogravura. Os dois se afastaram em silêncio, em direção à fina linha do horizonte. Seus contornos submergiram sob a densa neblina e desapareceram na estrada. O artista, o cão, o boi.

Precisava se despedir da beleza para enfrentar o cadáver no jardim.

Bunda intelectual

Dotada de uma bunda daquelas, não dava pra levar a sério. Ao menos, era o que eu pensava na época. Ao conhecer Paula, eu me esforçava pra controlar os brios, mas a visão daquelas nádegas me atropelava. Na sua presença eu estava sempre de porre, mesmo sem um pingo de álcool no sangue. A culpa era da opulência ali atrás, praticamente um embargo meteorológico, categoria sonho, mas o acinte extrapolava. Depois de um gole de café, dois de água e uma aspirina efervescente, eu estava pronto. Engolia a poção amarga, limpava o gogó e levantava a cabeça. A expressão grave e melancólica da moça, sustentada por inacessíveis olhos castanhos, ressaltava os cílios imensos, ternos e sorumbáticos. Era sardenta, uma morena com alma de ruiva. Compreender que aquela mulher de cabelo ralo, pulsos e canelas finas, quase transparentes, com vocação reumática, era a mesma que carregava o tanque de guerra, demandava uma adaptação espiritual. Concentrada no cardápio, ela hesitava entre o prato do dia ou a bacalhoada. Tinha um apetite espetacular, sem dúvida. Enquanto a mulher devorava a iguaria, minha ambição continuava a mesma, conseguir integrar a fisionomia do rosto ao largo traseiro, unindo as duas Paulas em uma única realidade. Pra efetuar a proeza, sem risco de loucura, o sujeito precisava de frieza emocional.

A cada manhã que a via chegar no escritório, perdia-me nesse impasse. Baixava rapidamente a persiana pra não alimentar dúvidas torturantes. Contudo, mesmo preservado de sua controversa figura, percebia-me interditado, intercalando a leitura de uma única frase, relida dezenas de vezes, às olhadelas furtivas no celular, como se uma mensagem de texto pudesse me salvar da hesitação interior. Hipnotizado pela lembrança de seu corpo, eu flutuava no delírio do caos e das imagens sem saber o porquê e o para quê de tudo isso. As contradições mais violentas me aprisionavam num círculo vertiginoso e eu me tornava inacessível ao trabalho.

Da última vez, subi as persianas, derrotado. E lá estava Paula, de cenho franzido, compenetrada, recolhendo indícios pra mais uma reportagem investigativa. Uma jovem intelectual usando os óculos da moda, com o cabelo preso num coque displicente, aplicada aos deveres profissionais, ou seja, uma garota como outra qualquer. Sentada, uma pessoa provável, dentro das normas sociais, cumpridora das leis, de aparência comum, que poderia perfeitamente se passar como nora, filha, amante, esposa, irmã mais nova, e nos acompanhar no almoço de domingo sem causar danos. Paula só não podia se levantar. Em pé, ela se transformava numa ameaça nuclear.

Eu a tinha contratado há alguns meses e a observava da minha sala, correndo de um lado para o outro, transcrevendo as entrevistas, falando com as fontes e fazendo novos contatos em busca de um furo. Quando estava perto, a mirando de uma distância segura, em plano americano, eu conseguia manter uma conversa razoável, criteriosa. De chefe de redação para com seu funcionário. Sugeria reportagens, indicava perfis e tirava suas dúvidas. Nesse período, sua companhia tornava-se até agradável. Porém, era só ela dar as costas, se afastar dois passos, que as manchetes rebentavam, os alarmes explodiam, gerando polêmicas irreversíveis em progressão fulminante. Não havia verossimilhança capaz de justificar a sua presença. Essa mulher não se encaixava em nenhuma paisagem possível, de frente era uma, e de costas outra, completamente diferente. Ela era um disfarce de si mesma. E esse retrato desconexo perambulava pela sala botando nossas vidas em risco. Alguém precisava tomar uma atitude, impedir uma catástrofe.

Na segunda-feira, chegou-me um artigo impresso de sua autoria. Foi a própria Paula quem deixou na minha mesa, com um bilhete escrito à mão, muito educado, solícito, mas direto, exigindo retorno. Li o documento ali mesmo, mas por cima. Embora impressionado com a sua escrita, me empenhei em não deixar com que o texto interferisse no meu ritmo de trabalho. Em vão. As solicitações do jornal vieram, assim como a agenda de reuniões. Desmarquei tudo. Puxei o paletó e fui pra casa sem falar com ninguém. Sozinho, afundado no único móvel decente do lugar, a poltrona de couro marrom, herança paterna, confiei às baforadas no papel um possível paliativo pra segunda leitura. Não foi o que aconteceu. Apaguei o cigarro, dei um trago no uísque e me deixei submergir, entregue à desordem e às sombras da noite, resguardado apenas pela presença afetuosa de Cony, que mastigava um osso. Adormeci de paletó com o buldogue aos meus pés.

Metralhado pela luz da manhã, abatido, quebrado, despertei devagar e vi, no colo, o artigo. Lembrei-me de tudo. Fiquei pálido. Desejei não sair de casa, não trabalhar. Peguei o papel na esperança do engano.

Ainda mais forte do que a impressão da noite anterior, a releitura, às claras, me apavorou. Garganta seca, ambiente amargo. Meti dois tragos do velho Chivas, em jejum. Três, que Deus gosta de trios. Cony rosnava impaciente, dentes cravados no pote de ração vazio. Supersticioso e condizente com o dono, o bicho latiu três vezes. Cony, seu patife!

Liguei na redação e inventei uma desculpa. Disse a mim mesmo que ficaria em casa pra organizar as coisas. O apartamento absurdo. Um amontoado de livros bloqueando a passagem, a louça suja, caixas ainda fechadas. Pesquisei na internet o preço de um armário e de uma cama usados. A mudança feita há meses envergonhava o apartamento novo. Depois da separação, evitava a volta ao lar. Saía da redação e ia correndo pro boteco. Ultimamente, sozinho. A presença dos outros me perturbava, as mesmas perguntas, a conversa fiada de sempre.

Tomei uma ducha, fritei uma omelete, respondi e-mail e me deitei no colchão. A janela pelada convidava a estrela tirana a torrar o que visse pela frente. Os objetos ardiam no calor da manhã. Não queria pensar em Paula. Não agora depois do texto. Tentava me lembrar do seu corpo, curvilíneo e atraente. Um misto de admiração e asco me invadiu. O cão, bucho cheio, me salivou, cretino. Adormecemos juntos, embaixo do sol.

Acordei confuso, sem entender que dia era e em que lugar estava. Lá fora, alguém vendia pamonha. Havia jogo, havia exclamações. O mundo era um lugar confuso, brutal, mas a convocação do sujeito ao bolo de milho atapetava o transtorno. Fui até a janela e acendi um cigarro. O sol escondia-se atrás das montanhas. Dormir no meio da tarde atravanca tudo, um rebuliço dos diabos no peito, sonho metido na realidade. Será que Paula sentiu a minha falta? Será que perguntou pra alguém o motivo de minha ausência? Pode estar cismada por eu ter sumido justo no dia seguinte ao da entrega do seu artigo. Mas esse pensamento era meu conhecido, eu me enfiaria de cabeça nessa lama. Talvez ela seja diferente, despreocupada, não faço ideia como essa mulher lida com esse solavanco chamado existência. Eu não era obrigado a dar retorno algum sobre a leitura.

Depois de jantar uma gororoba esquecida há dias na geladeira, consegui ler três páginas do romance polonês iniciado antes da separação. Cony já estava com fome de novo e agora eu teria que sair pra comprar ração. Não consegui, e o maldito buldogue deixou um presente fedido bem no meio da sala. Ao invés de limpar, preferi me trancar no escritório e ler o polonês até o final. Só de pirraça. Cony que se virasse com a peste.

De barba feita, entrei na redação com a aparência relaxada e altiva, de alguém que terminou um romance de quinhentas páginas na noite anterior e comprou uma cama nova. Um diretor de jornal respeitável, de terno passado, água de colônia, atento às pautas do dia.

Estranhei a mesa de Paula, vazia. Minha expressão renovada mingou. Havia uma pilha de textos ao lado do meu computador pra avaliação editorial, selecionei os assuntos de maior relevância do dia. O escritor chileno, vencedor do Prêmio Nobel, acabara de morrer. Novo vírus recém-descoberto na Islândia. Alvoroços municipais, o ministro das Relações Exteriores preso, vinte edifícios desabaram com um terremoto em Esmirna, cidade da Turquia. Tremores foram sentidos nos arredores. Onda de frio histórica criou cenário apocalíptico no Texas.

Paula acabava de entrar. Bala perdida na Linha Vermelha. Encaminhou-se pra sua mesa, largou a bolsa e o agasalho. Vinha em minha direção. Sequestro em Cleveland. Claro, ia perguntar sobre o artigo. Inundação no deserto da Arábia Saudita. Estava usando um vestido azul, não muito curto.

Antes, ela pegou um café, na mesa em frente à sala do diretor. Lá, virou-se de costas. Guerra nas Malvinas. Incêndio na Guatemala. Bebeu o café aos pouquinhos. Queda de avião na Noruega. Mirou em minha direção.

Tsunami. Telefonei pro Garcia, desse modo, quando ela entrou na sala, eu estava ocupadíssimo, passando instruções. Garcia era mecânico, mas eu falava com ele como se fosse um curador de arte moderna.

Paula sentou-se e me esperou terminar. Garcia queria desligar logo, natural. Mecânico caro, valorizadíssimo na região, parecia nervoso com a conversa fiada. Na picardia, consegui reter o homem emendando um assunto no outro. Paula mantinha a vista baixa, refém de algum embargo interior. Enquanto entretinha o pobre Garcia, pude reparar melhor em sua configuração. Algo nela parecia não se aproximar dela mesma. Quando virou o rosto em direção à janela, deixou escapar um sopro aflito e crispou os lábios. A manhã passava entre nuvens esparsas, eu ganhava tempo através do mecânico, mas não sabia exatamente do que fugia. Humberto meteu a fuça na porta e fitou a garota, de boca aberta. Em seguida, me encarou. Devolvi, irritado. Ele percebeu e se retirou logo. Era um alcoviteiro perplexo.

Paula, alheia aos acessos que causava em torno, permanecia dentro de si mesma. Distraída, sacou a bombinha de oxigênio do bolso do vestido e aspirou rapidamente. Nesse instante, me arrependi. Agradeci ao Garcia e desliguei o telefone, culpado.

Ela me observou como se não me visse. Comecei me desculpando pela demora. Paula continuou imóvel, ausente, sem dizer nada. Sentei e acendi um cigarro. Esquecido da asma, lhe estendi o maço e ela aceitou. Fumamos em silêncio. Finalmente, ela perguntou sobre o artigo. E fui dizendo tudo. O quanto ela era talentosa, o quanto eu admirava a sua técnica narrativa, a linguagem sóbria, autêntica, sem artificialismos. Disse tudo o que prometi não dizer. Inclusive mais um pouco. Porra, ela era asmática!

Foi nessa hora que cometi o maior desatino de todos. Convidei-a pra sair. E a minha ruína foi que ela aceitou. No sábado, lá fomos nós jantar no Leopoldo's. Busquei a moça em casa, de carro. Enquanto aguardava do lado de fora, reparei no prédio em que morava. Baixo, mal-ajambrado, pichado nas laterais, sem porteiro ou elevador. Quando a vi na entrada, esqueci tudo. Linda, de vestido justo, preto.

Pedi um linguado e ela uma picanha com batata frita. Benza Deus, dava gosto vê-la comer. Nunca vi nada parecido, uma mulher sem nenhum pudor diante da comida. Dividimos uma garrafa de vinho. E ela pediu duas sobremesas. Falamos do seu texto, da sua escrita, do seu brilhante futuro como jornalista investigativa. Ela fez perguntas sobre a minha vida, mas eu não quis falar da separação. Só disse que tinha uma filha de dezesseis anos. Durante o jantar, esqueci o rabo. Não queria lembrar a barafunda em que me enfiava tentando conjugar o traseiro e o intelecto.

Depois da segunda garrafa, fomos pra sua casa. Quando terminei de subir os cinco andares, precisei de tempo pra me recuperar. Ela abriu a porta do conjugado e eu fiquei do lado de fora, resfolegante, pensando que, pra uma asmática, ela era bem atlética. O prédio tinha um cheiro de sopa e de caldo Knorr que me enjoou. Ela ligou o som, e o jazz de Fitzgerald invadiu o ambiente. Dançamos, rimos, fumamos um baseado.

Em pouco tempo eu já estava no seu quarto, tirando a roupa. Ela bem ali, em pé, nua. Parecia algo inacreditável. Quase surreal. Puxei-a pelo braço e a derrubei na cama.

Por algum tempo me diverti com seus seios empinados e deliciosos, a aréola rosada e cheia. Lambi a sua barriga lisa, macia, até o púbis. De repente, ela se virou e, quando menos esperava, eu estava de frente para a sua bunda. Redonda, enorme, um palácio suntuoso, bem ao alcance das mãos, prestes a me dar montanhas de prazer, rios, vales, um planeta inteiro. Aproximei as palmas das mãos e apertei as duas nádegas com força. Então, lembrei-me do artigo. As frases espirituosas, a linguagem inovadora. Tirei as mãos. Olhei para a bunda como uma incógnita. Aquele rabo tinha uma grandeza que me esmagava. Ainda não havia solucionado aquela equação. Fiquei paralisado, fitando a bunda estrangeira, inteligente, asmática. Um mistério absoluto. Uma aberração.

Não disse nada. Apenas me levantei, vesti as roupas e bati a porta. Antes de sair, porém, enquanto calçava os sapatos, a observei de relance. Vi quando Paula desmoronou na cama, a expressão neutra, sem nenhuma surpresa, como se aquilo já tivesse acontecido muitas e muitas vezes.

A última festa

Diante dela, numa cronologia insólita, a lista do caos se desenhava no livro de previsões: peste, doença, pânico, tumulto, enchente, terremoto, maremoto, inundações, incêndios, assassinatos, linhas e mais linhas anunciando as etapas do apocalipse. Tudo isso aconteceria em menos de... A sucessão terrível de acontecimentos convergia para o desfecho final.

Em pé na cozinha, vestido turquesa, ela tentava manter os batimentos cardíacos ordenados, mesmo insistindo em reler cada frase do calhamaço, para se preparar para o momento adequado. Respirou fundo, mas o ar não veio. Irritada, tentou afastar aquela franja maldita que teimava em lhe cobrir os olhos. O recente corte de cabelo buscava certo despojamento e – justo agora! – essa mudança a impedia de aproximar-se do espelho, uma franja que arrancava do seu rosto a regularidade dos traços. E isso também aumentava sua taquicardia. Era urgente voltar a ser quem era, embora não soubesse – nunca soube – exatamente quem.

Inclinada sobre a mesa, lábio contorcido, ela lia e relia aquelas páginas. Não havia dúvida, o fim estava próximo. Atrás dela, a casa fervilhava. Ora discutindo a montagem do filme, ora celebrando o prêmio de melhor romance do anfitrião, os convidados não pareciam se importar com a catástrofe iminente. O célebre escritor comemorava o fim das filmagens junto à equipe de roteiristas que adaptou para as telas a sua novela policial. Embora fizesse parte da equipe, ela não conseguia socializar. Até se considerava uma pessoa funcional, dedicada e cumpridora dos prazos, mas arrastava atrás de si um defeito congênito: a reclusão.

Logo ali, perto da bancada, vestida de veludo vinho, a anfitriã, estrela do longa-metragem, inspecionava os pratos e as bebidas, além de checar, com cada convidado, suas necessidades. A roteirista não conseguia comentar com ninguém sobre a leitura. Até porque não se tratava exatamente de uma novidade ou de um segredo. Isso era o que mais a aterrorizava, a notícia não era notícia, mas uma simples constatação. Apoiou-se na cadeira, pois sentia-se mal. Com a falta de ar, fitou a pia e tentou se aproximar. Se conseguisse chegar até ali para abrir a torneira... Quando lavava a louça, seus pensamentos se reordenavam e ela conseguia encontrar soluções imprevistas para os embaraços mais terríveis. A água corrente, a água deslizando entre os dedos, a espuma na louça, a corrente de vida. Não queria alarmar ninguém, por isso não pedia ajuda.

Alguém encheu a sua taça de vinho esquecida na mesa e ela tomou tudo num gole, distraída. Olhou bem fundo nos olhos do homem que a servia, queria se confessar, revelar o seu medo, a sua inabilidade para continuar, a sua fraqueza envergonhada diante dos outros. Ele nem a notou. Parecia encher a taça de uma sombra. Como lidar com isso?

Já estava acontecendo. O mundo, de fato, estava acabando. Suas mãos escorregaram pela madeira lisa do balcão. Suas pernas bambearam.

Ela precisava de um plano.

Nas previsões astrológicas havia um trecho sobre estratégias. E uma das maneiras de vivenciar a catástrofe consistia em sorrir. Simples assim. Apelar para o humor no instante final. Mas não seria estranho? Ela ali, prestes a desaparecer, tremendo e suando, testemunhando explosões, bombas, acidentes aéreos, braços estilhaçados, cabeças decepadas, ondas gigantes de calor tragando a Terra, incêndios derrubando florestas, e assistir a tudo às gargalhadas. No mínimo, achariam que estava louca, completamente biruta.

O peito gelava sob o balcão iluminado. Ossos moídos, uma dor de cabeça que se intensificava com o passar das horas. Debruçada sobre as terríveis linhas, ela mordeu os lábios com força. Um filete de sangue manchou a folha. A agitação da casa não amenizava a atmosfera apocalíptica do seu interior. Enquanto o anfitrião sumia pelos cômodos, tentando resolver algum imbróglio com os filhos, a esposa entretinha os convidados na sala. Havia uma luz estranha em seu olhar. A atriz parecia preocupada demais para alguém que comemorava uma premiação com os amigos. Ela se esforçava para manter os convidados ocupados, comendo, bebendo ou simplesmente falando. A roteirista não compreendia esse estado de alerta excessivo numa mulher tão encaixada socialmente. Sozinha diante da panela, ela tentou se apoiar no odor da carne. Ao abrir a tampa, entretanto, o cheiro foi brutal e ela quase deu um grito. Tudo a atingia e mobilizava, sua pele desprendia um suor gelado, como se cada estímulo a confrontasse, os seus ouvidos escutavam demais, a sua visão ultrapassava os corredores. O tilintar dos talheres lhe pareceu insuportável. O coração diminuía de tamanho conforme a tarde caía, e as lembranças rastejavam pelos poros queimando até as raízes do cabelo. Em cada gesto, uma navalha. Ouviu um ruído seco, seguido de silêncio. Depois, um dos convidados discursou. Alguém gritou: "Saravá!".

Apesar do mundo em vias de extinção, a festa ao redor não dava sinais de acabar. Canapés, rissoles de camarão, antepastos, bebidas efervescentes, pó, balas, ecstasy. Com algum custo, ela conseguiu se afastar do balcão e das previsões e só então percebeu o cachorro. No canto, o border collie mastigava o vazio. Aproximou-se devagar, mas ele nem se moveu. Ajoelhou-se e fez um afago em sua cabeça, só assim constatou a banguela. Nenhum dente.

De repente, algo se espatifou. Virou-se e viu o escritor em pé na cozinha, cenho franzido, diante da jarra partida. O cachorro abanou o rabo para o dono, mas o homem não deu bola. Os cacos luziam no chão de azulejo. O escritor gritou o nome da empregada. Do fundo da área de serviço, uma moça, muito alta e muito magra, surgiu vestida de branco, segurando uma pá. Ela atravessou a cozinha com passos curtos e ligeiros, meio apavorada. Parecia querer resolver tudo rapidamente, ficar o menor tempo possível naquele lugar. Limpou tudo, recolheu tudo e, num piscar de olhos, desapareceu.

Sentado diante do balcão, um sujeito atracado num pedaço de bolo escutava a bronca da esposa do escritor. A mulher, com figurino novo, toda de preto, recolhia os pratos da bancada: "Ah, não! De novo, não. Bruno, você compra esses bolos individuais, esses bolos de solteiro, e depois desperdiça. Tá cansado de saber que são horríveis".

Bruno experimentava, uma por uma, as pequenas porções, de formatos diferentes. Envergonhado, largou o garfo em cima da mesa e voltou a vista para o celular. Verdade, esses bolinhos eram terríveis. Ela *sabia*. Havia comprado diversas tortas nanicas nos últimos tempos para não desperdiçar a grande. O escritor pôs a mão no ombro da mulher como se o toque pudesse acalmá-la. Funcionou. A esposa respirou fundo, olhou para o marido e sorriu. Ele inclinou a cabeça para beijá-la, apertando o seu corpo contra o dela.

Se tivesse alguém para abraçar no momento final...

Talvez fosse essa a solução. Mas quem? O gordinho dos bolos mínimos? O diretor do filme, que fazia assédio moral com a equipe? O protagonista gay? O pai do protagonista gay? O avô? Talvez o rapaz do *boom*. Ou o contrarregra. O assistente de direção, não. Viciado em anfetamina. De qualquer forma, parecia uma estratégia melhor do que ficar sorrindo diante da catástrofe. Fosse com o motorista da van, o dublê ou o cara dos drones, a ideia de deitar a cabeça num tórax peludo e ouvir uma palavra afetuosa, enquanto o planeta se consumia, lhe proporcionou uma espécie de alívio. Então, estava decidido. Não morreria só.

O casal se afastou da cozinha e retornou para a sala. O cão levantou a cabeça e, como alguém que se recorda de algo importante e terrível, lambeu a ferida. Em letras douradas, via-se em seu pescoço, cravado na coleira, o nome em hebraico. Se não encontrasse ninguém, convidaria o cachorro. Aliás, convidaria o cão de qualquer forma, caso os anfitriões se esquecessem. O casal já tinha um ao outro e os filhos atléticos. E ela? Uma ex-tabagista, uma ex-filantropa, uma antiga mulher jovem.

Seu peito afundava. Doía. Uma pontada mais forte a obrigou a se agachar diante do animal. Estava prestes a agarrar o bicho. Ela queria se esconder em seus pelos e pedir, por favor, que a esperasse, que a aceitasse, na doença e na pobreza, na velhice e na miséria. Estava quase implorando para que a deixasse ficar por ali, perto dos potes de ração. Ela tentou esconder a cabeça em sua barriga lisa, manchada de bolinhas pretas, pedia por um minuto de alívio, um minuto de paz, um segundo de amor. Ela largaria tudo, tudo, abdicaria até da certidão de nascimento, do passaporte, da carteira de vacinação, do título de eleitor, do diploma, da falsa habilitação, por algum contato verdadeiro, real, agora, neste instante. Cravou as pupilas nos olhos do cão e ofereceu a única coisa que tinha: o medo. Desde criança o temor do fim, da extinção, do desaparecimento, o pavor de morrer só, sem ninguém para abraçar. Descer sozinha o mais fundo possível em direção ao abismo, ao poço encalacrado, ao pântano. Sem ninguém esperando do outro lado. Nenhuma voz. Só esse medo terrível e constante da aproximação. Deitou-se no chão gelado e segurou na patinha. Notou as mãos trêmulas. Só então percebeu que estava machucada, havia sangue em seu vestido. Muito sangue.

A campainha tocou. O sujeito atarracado finalmente se levantou e afastou os doces de perto de si. A anfitriã se aproximou da entrada junto ao marido. Todos os convidados se aproximaram do casal e aguardaram num silêncio repleto de expectativa. Com alguma solenidade, o escritor abriu a porta. Um vento gelado balançou as cortinas da sala e derrubou alguns papéis. Ela viu quando um homem de terno escuro entrou carregando o caixão.

Do corredor, todos os rostos se viraram em direção à cozinha e o carregador caminhou em sua direção.

O maior oráculo da Terra

Ainda estava escuro, mas da janela do quarto, piscava a luz da lanterna. Aguardei em pé, do lado de fora, cuidando para não fazer barulho e, quando a vi, descalça e descabelada, surgindo do fundo do jardim, meu coração saltou de alegria. Ela parecia nervosa, e nos afastamos o mais rápido possível. Ao atravessar o portão, Ellen se precipitou e caiu. Vi que alguém acendeu as luzes da sala e o maldito labrador latiu. Peguei-a pelo braço e a puxei para longe dali.

Era domingo e estava um calor danado. Como o sol nasce mais cedo no verão, assim que contornei a rodovia, vislumbramos, ao sopé da montanha, os primeiros raios. Equilibrando-se no cano da bicicleta, Ellen cantava "Sweet Child O' Mine", enquanto eu me concentrava na estrada. Com o vento, seu cabelo, preto e comprido, açoitava o meu rosto, difundindo um perfume fresco de algas marinhas. Ela parecia feliz, apesar do rosto machucado. Depois de algum tempo, avistei o jacarandá, repleto de flores roxas. Que alívio! Ela saltou da garupa e eu deixei a bicicleta atrás da pedra branca.

Como sempre, escolhi a área mais erma e ensombrada, à beira do rio. Desdobrei a toalha, a estendi sobre a terra e despejei o conteúdo da mochila: pedra, cigarro, vela, isqueiro. Ellen olhava para o rio, concentrada. Acendi o cigarro, disse as palavras mágicas, me aproximei e arranquei-lhe os sapatos e o vestido. Ela se deitou de barriga para cima e começou a inspirar e a expirar, lentamente. Acendi a vela e entoei a melodia, espalhando as ervas sobre o seu corpo nu. Ajoelhei-me e pedi com um fervor maior do que da primeira vez. Ela dobrou os joelhos e eu os afastei com ternura, suavemente. Então me aproximei. De olhos fechados, muito quieta, ela esperava, da carne, a grande revelação. Eu tentava adivinhar, no seu desenho, as linhas do nosso destino. Da vez anterior, não foi possível nenhum vaticínio, mas nesse domingo aconteceu.

Sua boceta era o maior oráculo da Terra.

Somente ali, longe da cidade, era viável ler a nossa sorte. Importava ser discreta e não demonstrar qualquer entusiasmo público, não confessar nunca, para ninguém. Se o segredo chegasse à sua mãe, seria o fim! Com certeza ela nos mataria. Dona Fátima, protegida por seu luto fanático, não podia nem suspeitar dos poderes mediúnicos da filha. Cristã fervorosa, devotava a vida aos Dez Mandamentos e defendia uma educação rígida, sem fazer concessão alguma, imagina se descobrisse na filha uma pagã! Por eu ser órfã e criada por uma tia solteira, a velha me detestava, e o pior, decidiu proibir a nossa amizade. Estava tudo planejado. No ano seguinte, assim que terminasse o ensino fundamental, Ellen iria para o colégio interno. De modo que decidimos fugir naquele verão.

Depois da consulta, eu não disse nada. Busquei o seu vestido, ela se levantou e entrou no rio, sua pele fervilhava. Enquanto se banhava, sentei-me na margem e olhei o céu limpo, sem nuvens, um sol de rachar. Tive asco dessa tirania. O calor sufocante e o cheiro de eucalipto me deixaram nauseada. Então algo se moveu. Levantei-me e olhei para trás. Entre algumas árvores vi passar uma sombra. Meu coração começou a bater mais rápido: e se alguém estivesse ali, nos espionando? Como não ventava, as folhas estavam quietas, a copa das árvores, inerte. Então o que se agitava na floresta? Ellen me olhava da água, assustada. Fiz um gesto para que se apressasse.

"O que foi?", perguntou.

"Nada, vamos embora."

Ela ficou quieta, me olhando. Peguei a toalha da mochila e a esperei se secar. Ainda sob o baque da recente revelação do oráculo e com medo da presença oculta de um observador, eu investigava ao redor. Ocupada em se vestir, Ellen não percebeu quando, atrás dela, um vulto se afastou pela mata espessa, num galope seco. Puxei-a pelo braço e a arranquei dali. A bicicleta permanecia à beira da estrada, atrás da pedra. Ellen me perguntou o que estava acontecendo, mas não consegui responder. Apenas a abracei e lhe disse que a protegeria de qualquer coisa, de tudo. Permaneci calada o percurso inteiro, sem dividir com ela a profecia revelada por seu interior. Ela nada me perguntou, como se já soubesse. Esqueci o vulto e meditei no que fazer depois *daquilo*. A profecia não deixava espaço para a dúvida.

Geralmente, a velha se ausentava nas manhãs de domingo e aparecia logo após o meio-dia. Ellen dizia que passava as tardes transitando pela casa, de um lado para o outro, a vigiando com aqueles olhos de serpente. Fomos direto para a minha casa, já que, da última vez em que tinha aparecido de cabelo molhado, Ellen levara uma surra de cinta que deixou cicatriz e tudo. Perto do seu aniversário de doze anos, dona Fátima a manteve trancada por dias, dizendo que só putas apareciam em casa de cabelo molhado. Prometi que quando tivesse a minha idade – sou um ano mais velha –, eu lhe presentearia com uma festa inesquecível. E que ninguém, em hipótese alguma, encostaria a mão nela de novo. Amanhã, treze.

Esbaforidas do retorno, subimos a escada aos trancos, tentando conter a agitação interior. Ellen resfolegava e ardia em febre. Acendi o cigarro mentolado da minha tia. Como não havia ninguém, fomos para o quarto dela, onde tinha televisão e uma cama gigante. Ellen se deitou sem tirar os sapatos, dizendo que precisava de repouso, a vidência exigia muito do seu físico. Escolhi um filme de amor que a deixasse bem comovida, da coleção de clássicos antigos, com Cary Grant. Deitei-me ao seu lado e a abracei com força. Gostava, particularmente, quando, no último ato, ela escondia o rosto em meu pescoço, sacudindo o peito, aos soluços. Podia sentir a respiração curta, as mãos trêmulas, apertando-me a cintura.

Minha tia passaria o feriado na capital, só retornando na manhã seguinte. Normalmente, com o dinheiro que deixava, eu comprava um saco de doces no armazém do seu Lourenço. Contudo, nessa tarde, não foi possível. Justamente quando Ellen conseguiu cochilar, alguém berrou o seu nome, do lado de fora. Ela se ergueu em pânico ao reconhecer a voz. A velha tocou a campainha diversas vezes. Paralisadas na cama, nos escondemos sob os lençóis. A mulher insistiu, teimosa. E começou a bater com os punhos na porta. Apertei a mão de Ellen e a encarei. Fica firme, não há motivo algum para sair daqui. Deu-se uma pausa. E, quando eu achava que a viúva já estava cansada, ela soltou, em voz alta, uma praga terrível. Chutou a porta com vigor, derrubando um vaso sobre o batente. O morador do sobrado vizinho, doutor Afrânio, surgiu armado. Quando percebeu que se tratava apenas de uma mãe furiosa, baixou a pistola e se aproximou, irritado. Nos esgueiramos até a janela para espiar, mas os dois falavam tão baixo que ficava impossível entender. Por via das dúvidas, tranquei a porta do quarto. Voltamos para a cama e permanecemos abraçadas, decididas a só sair dali quando a velha já tivesse ido embora.

Escurecia quando acordei. Encorajada pela aparente tranquilidade, me levantei e espreitei através da cortina. Ninguém, não havia nem sinal de fumaça. Ao longe, uma imensa bola de fogo renunciava, afundando a cabeça ruiva num horizonte senil. O céu, finalmente, se dobrava à escuridão. Virei-me em direção à cama e sorri. Ellen correu e me abraçou. Era o nosso momento preferido do dia. Descemos a escada, aliviadas pela noite que chegava e pela velha que partira. Distraídas, rindo do susto e xingando dona Fátima, quase rolamos os degraus ao ver o vulto negro, parado na outra extremidade. Em pé, a viúva estática, nos fuzilando com os olhos vermelhos, as mãos cruzadas sobre o ventre. Sem piscar, os olhos horríveis relampejaram; olhos que arrastavam atrás de si um presságio de desesperança. O silêncio, cortado apenas por uma ave noturna, era brutal. Não conseguimos dizer nada. Nem mais respirávamos. A ventania derrubou um galho e partiu a vidraça da sala, mas ninguém se virou. Ellen deixou a mão úmida escorregar por entre meus dedos, não a consegui reter. Ela desceu os degraus, pé ante pé, numa lentidão desoladora. Sem dizer nada, sem nem olhar para a mãe, atravessou o corredor como uma sonâmbula e abriu a porta. Não se virou mais. A velha mirava em mim como em um alvo, aquela expressão nefasta. Minhas mãos tremiam, porém permaneci imóvel, segurando o corrimão como se fosse cair, caso me soltasse. A mulher não arredou a vista e deu dois passos para trás. Só se virou quando não era mais possível caminhar. Retirou-se com seu luto infindável levando Ellen de mim.

Não consegui dormir. Aquela pupila espantosa cravou as garras no meu peito, asfixiando o sono. O mal estava feito, ela destilara o veneno. Sua presença enforcou a casa. Entre as sombras do quarto, a sua figura se infiltrava, se imiscuindo entre as brechas, intoxicando gavetas e armários, destapando das lembranças o aroma mais horrendo e fixando em mim o pavor. Revisitei os olhos de minha mãe. Ela também possuía pupilas brutais. Seu leite, envenenado, alimentava o medo, pois sob a visão da mãe sobressaía a aversão da mulher. Para sobreviver ao impacto era preciso não a encarar, livrar-se do pretenso amparo, deslizando entre as sombras, tornar-se invisível. Se, por acaso, as vistas se cruzassem, eu adoeceria num único golpe. O estranho brilho parecia descobrir a verdade sobre o meu futuro. Eu teimava em existir, mesmo considerada invasora. A intrusa vinda de suas entranhas. Os rostos das duas mulheres se fundiram na penumbra do quarto formando uma máscara hirta, pavorosa. Duplicadas, as pupilas ativaram um poder sobrenatural. Virei-me de um lado para o outro, buscando apaziguar o duelo da vigília com o sonho da distância. Desapareci.

Acordei num susto. Sentada na beirada da cama, Ellen me observava, silenciosa. Sua expressão fez com que eu fechasse os olhos novamente. Não entendi se estava dormindo ou se estava acordada. Ela aguardou e fez um barulho estranho com a boca. Decidi me erguer e lhe dar atenção. Estava diferente, parecia mais velha, como se tivesse compreendido uma verdade muito dura para a sua idade e não soubesse como continuar. Sonolenta, com fome e com sede, seu mutismo me exasperava. Notei que tinha os braços machucados, o rosto vermelho, como se tivesse chorado. Porém, ao virar-se de costas e levantar a camisa, vi o desenho marcado a ferro. Soltei um grito e saltei, desci as escadas correndo e me afastei da casa, como se tivesse enlouquecido.

Não sabia o que fazer, nem para onde ir, só não podia permanecer ali. Alcancei a estrada e só então percebi que estava de pijama, descalça e a tinha deixado sozinha. Retornei, mas ela não estava mais lá. Então, acelerei em direção à sua casa e a encontrei no meio do caminho, parada, de costas para a estrada e de frente a uma árvore. Ela não se virou quando me aproximei.

"Ellen, o que foi?"

Assim que vi o seu rosto percebi algo de estranho. Olhei pra baixo, suas mãos tremiam ensanguentadas e seguravam um gato morto.

"O que você fez?"

"Você que é feliz."

"Por quê? Do que você está falando?"

"Porque você não tem mãe."

"Ellen... Não fala assim."

Recuei dois passos e escondi o rosto entre as mãos, incrédula. Ela me fitava, a expressão ausente. Furiosa, avancei e arranquei o animal de seus braços. Senti seu peso, o olhar sem vida, o corpo mole. Tirei o lenço e o recolhi com cuidado, a cabeça em direção às raízes. Era um gato amarelo e gordo, imenso. Queria gritar, mas me faltou o ar. Ellen foi enfática.

"Se eu não sair hoje de casa, se não for embora, vou enlouquecer. Juro. Vou me matar."

Olhei pra cima, eu queria que ela morresse.

"Ellen, calma."

"Não é exagero. É a mais pura verdade."

Olhei em direção à gata com muita vontade de chorar. Ellen me agarrou pelos ombros com ímpeto, mas eu não conseguia desviar os olhos do bicho. Ela me chacoalhou.

"Você prometeu."

"Me solta!"

"Prometeu, não prometeu?"

"Prometi. Tem razão, prometi."

"O que o oráculo disse?"

"Você sabe."

"Quero que diga. Diz."

"Não."

"Não? Não sei se está claro, mas quem carrega a profecia sou eu!"

"Ellen, você tá emocionada, eu entendo."

"Eu sou a bruxa!"

"Mas você *não* tem o acesso, precisa de mim, não consegue descobrir sem mim."

"Fala! O que o oráculo disse?"

"Ele disse que a gente tinha que ir até o fim."

"Viu?"

"Viu o quê?"

"Eu odeio a minha mãe."

Disse isso com fúria e saiu para o meio da estrada, decidida. Corri até Ellen, que não podia chegar assim em casa. Quando a alcancei, barrei a sua passagem e a fitei com seriedade. Os seus olhos chispavam. E, sem hesitar, me empurrou. Fui embora. Ela seguiu, em marcha.

Tranquei-me no quarto. Só tarde da noite, Ellen apareceu. Conseguira fugir com a ajuda do irmão. Contei-lhe o plano e repeti as palavras do oráculo. No dia seguinte, fomos até o vale, precisava ter certeza. Acendi as velas, retirei o vestido de Ellen e vi as marcas da surra. Mesmo reclamando de dor, consegui deitá-la sobre a toalha, me ajoelhei diante dela, segurei em seus joelhos com delicadeza e cautela. Abri as pernas e me aproximei. Levei um susto.

Não havia mais nada ali. Nada.

Saí imediatamente de perto, me aproximei de Ellen e chamei o seu nome. Ela abriu os olhos lentamente e me encarou com uma expressão terrível. Levantei-me assustada. Corri até o rio. Tentei nadar, mas meus braços não saíram do lugar, estava paralisada. Olhei em volta. Então me dei conta. Arrependida de tê-la deixado sozinha, deitada e exposta, alcancei a margem e saí da água. Ao chegar lá, Ellen não estava mais. Chamei o seu nome, caminhei pelos arredores, procurei-a nos recantos do bosque. Nada. Exausta, parei para respirar perto da árvore. O céu se tornava violeta. As folhas não se balançaram nem quando a ventania começou, não havia o canto dos pássaros, nem a histeria das cigarras, nenhum som de grilos, as rãs não coaxavam mais. Como se todos os animais tivessem ido embora. Nenhum sinal de vida, um vale morto. A floresta mantinha o nosso segredo. Porém, por algum motivo, adivinhei nessa imobilidade uma denúncia. Desde criança, aquele era o meu território sagrado. Eu o conhecia. E nunca me pareceu tão despovoado. Havia sempre a vibração sonora da selva, o ritmo sinuoso das garças, os latidos, os miados, os gritos; nenhuma floresta é bem-comportada. E agora? Onde estaria o desassossego das aves, a agitação das folhas, por que até o rio emudecia?

Algo acontecia ali dentro.

Tentei me acostumar com a escuridão que descia vertiginosamente, observei ao redor. Meu coração disparou quando avistei a enorme coruja que me encarava do alto do jacarandá. Percebi um movimento, o brilho incomum oscilando entre as árvores. Aproximei-me lentamente, mas só ao perceber o que era, pensei em fugir. Tarde demais. Atrás do arbusto, cintilando no escuro, as pupilas da velha viúva. Sem ter tempo de pensar, senti as mãos frias no meu pescoço, apertando com tanta força, que minhas pernas dobraram e eu caí ajoelhada no solo. Num ímpeto desesperado, agarrei seu cabelo e puxei o máximo que pude, mas já estava perdendo o ar. Com o seu rosto colado ao meu, vi rebentar de suas pupilas um líquido verde, pegajoso, que emanava um odor azedo. Lembrei-me do olhar de minha mãe, no momento final. Ela morria com ódio de mim, como se não suportasse que eu sobrevivesse a ela. Lamentei que a imagem que levaria do mundo, da minha curta existência, fosse exatamente a mesma. Asfixiada, meus braços penderam, pesados, ao lado do corpo. Então algo aconteceu. Quase desfalecida, senti o baque. O corpo pesado da velha tombou por cima do meu. Nesse instante, tentando retomar o fôlego, consegui ver Ellen segurando no ar a imensa pedra, com uma expressão de choque.

Ela se agachou, afastou o cadáver, me abraçou. Ergui um pouco a cabeça e consegui ver o rosto de sua mãe, totalmente desfigurado, ao meu lado. O sangue escorria do crânio rachado, mas a cabeça estava virada para nós duas. Um dos olhos permanecia aberto e brilhava no escuro. Nesse instante, ouvi a coruja. Ellen segurou o meu rosto e senti suas mãos úmidas de sangue. Ela beijou-me nos lábios e me encarou.

De seus olhos brotaram o mesmo líquido pegajoso, uma espuma verde, que transformava o seu rosto e a fazia parecer muito, muito mais velha.

Soon-Yi, Annie e Melinda

Não entro para clubes que me aceitam como sócio.
Groucho Marx

Desde que Woody Allen se casou com Soon-Yi que a minha vida sofreu uma profunda reviravolta. Antigas amizades se romperam e o meu casamento entrou em colapso. Nosso fim teve início em 1992 com as polaroides da Lolita sul-coreana tornando-se públicas, mas a deflagração da crise familiar só veio mesmo em 1997 com o casamento legalmente oficializado de Allen com a ex-enteada.

Nós também temos uma filha adotiva. Ela também possui ascendência asiática. Glorinha não se parece em nada com Soon-Yi. Meu marido não se parece em nada com Woody Allen. Ele é torneiro mecânico.

Em outros tempos, cheguei a acreditar que cada filme de Allen, lançado ano a ano, era uma espécie de prenúncio e trazia o aconselhamento divino para os próximos trezentos e sessenta e cinco dias, substituindo o hexagrama do *I Ching* ou a carta sorteada do tarô. Usava a sua cinematografia como oráculo da minha própria existência e, assim, conseguia antever as ameaças menos perceptíveis, ocultadas na domesticidade opaca dos dias, e serpenteando em minha direção. Quando sentia o ânimo amolecer e a vida escapar pelos dedos, esvaindo qualquer esperança, lá vinha *Desconstruindo Harry*, *Melinda, Melinda* ou *Vicky Cristina*

Barcelona me puxando a mão e me jogando de volta à pista de dança.

Antes do seu caso explodir internacionalmente, não passavam por minha cabeça certas desconfianças. Pode-se dizer que a nossa família se divide entre antes e depois de Soon-Yi. Mundo afora, diversos casos de assédio e de abuso sexual ululavam nas manchetes de jornais e nas revistas de celebridades e a exposição da intimidade alheia ganhava os noticiários televisivos. Os podres inconfessos, agora exaltados pela indústria, eram anunciados entre comerciais de novalgina e do agronegócio, hipnotizando a plateia.

A partir daí, passei a enfocar o mundo sob a ótica da suspeita. Se padres, empresários, prefeitos e treinadores ganhavam destaque nas páginas policiais, por que a nossa família se salvaria? Da fila da degradação, ninguém parecia escapar. Primeiro desconfiei de Maurício, um homem na crise de meia-idade, mesmo sem os efeitos da crise de meia-idade. Se os especialistas afirmam que há um transtorno à espreita nesse período da vida, devemos acreditar, não acha? Por via das dúvidas, decidi levá-lo ao psiquiatra.

Já na primeira sessão, depois de algumas perguntas, o sujeito rabiscou algo no papel e prescreveu um antidepressivo. Não nos deixou sair sem antes afirmar a necessidade de acompanhamento terapêutico para o meu marido. Nas semanas seguintes, percebemos os efeitos colaterais: sono, diminuição do apetite e do desejo sexual, insônia. Tínhamos pouca grana e, em pouco tempo, começamos a contrair dívidas por conta das despesas médicas, da insônia e da impotência, substituídas por vodca. Apesar de seguir a prescrição médica de maneira servil e obediente, Maurício não compreendia as causas que o levaram para aquele fundo do poço. Tentava se lembrar por que cargas d'água eu havia procurado ajuda psicológica se ele não tinha feito qualquer reclamação, nem física, nem mental. O homem me acotovelava no meio da noite, num desespero agudo, questionando a sua situação. Mencionei as crises de meia-idade. Ele não se lembrava de nenhuma. Como era um homem de temperamento tranquilo, pouco afeito à discussão, terminou por aceitar, depois da exposição minuciosa feita por mim, que estava numa idade arriscada e o mal, fosse qual fosse, o aguardava, pronto para derrubá-lo na primeira oportunidade. Assim, Maurício deu continuidade ao tratamento tolerando as terríveis consequências. Era um sujeito brando e preferia submeter-se à nova ordem a questionar a existência da causa.

"Ok. Vamos seguir essa linha de raciocínio. O que dizem que faz bem, não sendo escatológico, eu faço", resumiu, pouco convencido. "Talvez tenha mesmo algo de errado comigo, sempre tem algo de errado com alguém em algum lugar, principalmente se ele insistir em procurar."

A impotência do meu marido me trouxe um enorme alívio. Eu podia ir para o trabalho com a consciência tranquila, sem receio de que algo de ruim acontecesse. E, caso ele sentisse necessidade por conta dos efeitos da medicação, podia ficar em casa e se ausentar do serviço, apenas comprovando o impedimento físico com a receita médica. Assim, meu marido levava e buscava Glorinha na escola e ainda a ajudava com o dever de casa. Um dia, chegou todo orgulhoso, de mãos dadas com a filha, dizendo o quanto a professora elogiou a sua inteligência na saída da aula, confirmando que, aos doze anos, a menina era a melhor aluna da classe. Talita não ia tão bem na escola quanto a caçula, recém-ingressa que estava na adolescência, só querendo saber das festinhas com as amigas. Em compensação, tocava clarinete cada vez melhor e estava prestes a entrar na orquestra municipal. As complicações no parto da primogênita tornaram impossível o sonho de uma segunda gravidez. Três anos depois de Talita nascer, conseguimos adotar Glorinha. As duas cresciam saudáveis e eram bastante próximas.

Se Maurício ainda não descobrira o que me motivou a levá-lo ao médico psiquiatra, os sinais de um desequilíbrio mental mostravam-se cada dia mais evidentes para mim. Os prejuízos emocionais lhe conferiam um estado de ânimo meditabundo, e ele parecia permanentemente angustiado. Seu cabelo começou a cair, a cefaleia tornou-se crônica e ele estava ganhando peso. Mas o pior foi adormecer diante do torno mecânico. Por sorte, não perdeu o dedo, porque Enéas o salvou no instante em que ele piscou o olho. Ao saber da ocorrência, o chefe, um bondoso seu Adolfo, não o demitiu, mas lhe passou um sabão, dando-lhe licença médica. Ele gostava muito do meu marido, dizia que Maurício tinha nascido com a vocação de torneiro mecânico. De fato, meu marido amava aquele torno, e dizia: "Eu amo essa máquina, não preciso enfeitar as palavras pra dizer a verdade". Em trinta anos, só havia faltado ao trabalho duas vezes. No velório da mãe e quando Talita nasceu. Seu Adolfo se autointitulava padrinho de Glorinha por ter ajudado, junto com a esposa, Dona Mirtes, no processo de adoção. O chefe ordenou descanso de quinze dias até o amigo se recuperar e retomar as forças.

Em poucos dias, o torneiro já havia se adaptado ao novo cotidiano e exibia a barriga flácida transbordando sobre a bermuda. "Sonhei com o Woody Allen, o Roman Polanski e o Kevin Spacey tomando uma *piscolita* num bar no deserto do Atacama. Era verão, época de migração dos flamingos, e eles se divertiam à beça enchendo a cara até o amanhecer e observando os flamingos flertarem", disse o meu marido com um sorriso maroto, diante da xícara de café, numa manhã cinzenta.

Fiquei assustada. Como ele conhecia o nome desses caras? Maurício nem gostava de cinema e detestava quem se importava com a vida das celebridades.

"Do que você está falando, meu bem? Como descobriu o nome desses atores? E os diretores?", perguntei, tentando manter a calma, enquanto passava sombra verde em seus olhos. Enquanto as meninas estavam na escola, eu aproveitava para experimentar alguns produtos no meu marido antes de mostrar para as clientes. Ele já estava acostumado, mas se irritou com o comentário, e afastou minha mão do seu rosto.

"Como assim? E eu lá sou algum idiota? Torneiro mecânico não pode saber um pouco de cinema? Eu, hein!

Só você pode, só você conhece os artistas. Fico aqui o dia inteiro, as crianças na escola, o que me resta a não ser ficar assistindo aos seus DVDs?"

"Calma, meu bem. Não disse que torneiros não podem se tornar cinéfilos."

"Lá vem você com palavras difíceis. Só pra você saber: a máquina não pensa, mas o torneiro sim, minha filha."

"Tá bom, ok, entendi. Agora fica quieto, preciso experimentar esse *blush* novo."

"Não sei se você se lembra, mas a gente se conheceu por causa do Woody Allen", explodiu, dando o golpe certeiro.

Desde o início do namoro, eu o obrigava a assistir às comédias do cineasta norte-americano. Deve estar no meu DNA. Minha mãe me levava para assistir aos filmes do ex-padrasto de Soon-Yi assim que entravam em cartaz. O preferido da matriarca era *Annie Hall*. Da minha tia Carmelita era *Hannah e suas irmãs*. E do meu pai, *Manhattan*. Quando conheci Maurício, o convidei para assistir *A rosa púrpura do Cairo* e ele dormiu do início ao fim. Tive certeza de que estava tudo terminado entre nós, até que ele me presenteou com o álbum de Dick Hyman e me levou para assistir a um show de jazz no bairro da Lapa. Foi perdoado.

"Você acha que Soon-Yi é uma espécie de Yoko Ono?", Maurício perguntou e ainda não eram nem sete da manhã. Em seguida, molhou o pão no café e o enfiou inteiro na boca. Eu estava perplexa com aquele novo homem.

"Meu bem, melhor voltar logo ao serviço, você tem andado estranho ultimamente, esse período em casa não está te fazendo bem", levantei-me e fui retirando a louça suja da mesa e mergulhando na pia. "Cada pergunta estranha que você me faz."

"Ué, o que há de estranho? Perfeitamente normal. Soon-Yi e Yoko Ono. Duas mulheres asiáticas e pivô de separações."

"Yoko não foi abusada."

"Soon-Yi foi?"

Senti que era só o começo. Após o tratamento psicológico, Maurício havia se transformado em um completo desconhecido para mim. Antes, era um homem simples, com perguntas simples, buscando porcas na gaveta, colecionando martelos, lamentando chaves de fenda enferrujadas, furadeira perdida, e agora isso. A criatura acordava no meio da noite entulhado de questões existenciais. Narrava sonhos enigmáticos, tinha pesadelos enfermos. Durante o dia, tentava matar charadas oníricas.

"Sabe aquele sonho no deserto do Atacama?"

"Aquele com o Woody Allen, o Roman Polanski e o Kevin Spacey?"

"Exatamente", ele respondeu, deitado de costas, olhos fixos no teto.

"Lá vem", comentei antes de me levantar, estafada.

"Eu também estava lá".

"C-como? O que você estava fazendo lá, Maurício?", perguntei horrorizada.

"Era o barman".

"Você? Mas você nem sabe fazer drinque!"

"No sonho eu sabia, minha filha. Não posso aprender coisas novas enquanto durmo? Tá querendo mandar no meu sono agora?"

"Ok, ok, barman do deserto. Ao menos, ouviu o que eles diziam?"

"Tudo. Absolutamente tudo. Inclusive, eu participava da conversa, sendo quem eu era, criador da bebida dos caras. O barman é tipo um psicólogo da modernidade", afirmou ainda deitado, braços cruzados sob a cabeça e sem pressa alguma de começar o dia.

Ao enfiar os pés frios no tênis vermelho, percebi que ele folheava *A negação da morte* antes de tomar o café da manhã. Meu marido não era mais o meu marido, havia se convertido em uma espécie de filósofo botafoguense, de chinelas e roupão azul, caçando sentidos nos desvãos da casa, entre pigarros amuados e expressões sorumbáticas. Aos domingos, ele arrastava as havaianas pelo jardim e regava as plantas, metendo questões crepusculares no pobre cacto, enfastiando as bromélias e nomeando os passarinhos com nomes de abusadores.

"Meu bem, você não está chamando o nosso cacto de Kevin, está?"

"Alguém precisa conversar com Kevin, não acha? Alguém precisa ouvir a sua versão. Você nunca fez nada de errado? Nunca mijou fora do penico, minha filha?"

Estava ficando agressivo. Manhã de segunda-feira e eu precisava ir ao trabalho. Nessa época, ainda trabalhava na produtora de televisão maquiando os atores da novela, não podia perder meu emprego por conta das maluquices do meu marido. Antes de pegar a chave do carro, olhei para trás e vi um sujeito de roupão azul e ceroulas amarelas regando as plantas como se fossem suas melhores amigas. Sinal vermelho.

Resolvi tirar férias para vigiá-lo de perto. Tentei rever antigos amigos, mesmo os que se distanciaram por censurar minha fidelidade aos filmes de Allen, pós casamento com Soon-Yi, mas nenhum deles retornou a ligação, deviam estar mesmo ressentidos. Queria dizer-lhes que estavam certos, melhor manter esse cineasta bem longe da família. Foi quando cheguei em casa e flagrei Maurício de cócoras sussurrando um segredo para a bromélia solitária, apelidada de Mia.

Era um pesadelo. Durante aquelas férias, me esforcei ao máximo para esquadrinhar o seu comportamento nos mais ínfimos detalhes. Ouvia atrás da porta, tentando captar sinais em suas conversas telefônicas:

"Você tem que ver se as engrenagens da caixa Norton estão certas e se tem a tabela para colocar as engrenagens pra acertar o passo da rosca".

Entrava no quarto de supetão tentando flagrar algum encontro virtual, mas não conseguia encontrar nada, nenhum desvio. A aproximação com a filha menor me preocupava. Quando fazia muito calor, os dois tomavam banho de mangueira juntos, no jardim, e ele ainda a ajudava com o dever de casa. No período de licença, Maurício aprendera a fazer crochê, dizia que o acalmava e deixava longe da bebida. Apareceu com uma blusa nova para a filha, que desfilava o presente orgulhosa. Como as férias estavam terminando, tinha urgência em dar o flagrante. Comecei a incentivar Glorinha a andar com menos roupa dentro de casa, por conta do calor, e comprei o primeiro sutiã. Mostrei a lingerie para Maurício, que perguntou se ainda não era cedo para dar "esse tipo de presente" para a filha. Estranhei aquela reação, porque, apesar de miúda, Glorinha já era uma pré-adolescente. No seu aniversário de treze anos, depois de desembrulhar o pacote, a encorajei a experimentar a novidade no mesmo instante.

"Pra que essa pressa, mulher? Deixa a menina em paz!"

"Qual é o problema em experimentar o primeiro sutiã?"

"Problema nenhum, mas por que a pressa?"

"Por que não?"

"Você anda muito estranha."

Glorinha agradeceu e abriu, afobada, o embrulho dado pelo pai, metendo logo um sorriso no rosto. Quando revelou o conteúdo, me levantei, perplexa.

"Não é possível, Maurício! Ela só tem treze anos. Me dá isso aqui, Glorinha."

"Por quê, mãe?", a menina desvencilhou-se, irritada.

"Porque você ainda não tem idade pra ler isso, ora essa."

"Mas se fui eu que pedi."

"Você pediu *Breviário da decomposição* de aniversário? Ah, conta outra!"

"Pedi. Juro, mãe!"

"Meu Deus, o que está acontecendo nessa casa? Isso aqui é uma casa de doidos. Pode me explicar o motivo da injustiça com Cioran, mulher? Explica logo que ninguém está entendendo."

"Olha, eu não sei o que você tem na cabeça, mas não vou te deixar contaminar a minha filha com esses pensamentos nefastos", disse e puxei Glorinha para perto.

"E desde quando você se transformou nessa pessoa horrível que proíbe Cioran? Me diz o momento exato que isso aconteceu, por favor."

"Desde que você começou a sonhar que era o barman preferido do Kevin Spacey."

"Você sonhou que era o barman do Kevin Spacey, pai?"

"Não foi bem assim, não foi bem assim. Foi no deserto do Atacama. E eu não preparava só o drinque do Kevin, mas também do Woody Allen e do Polanski."

"Que turma boa, hein? Deixa eu ir embora daqui", disse Glorinha, se afastando de mim e guardando o livro na bolsa.

"Pra você ver, minha filha. Pra você ver até onde seu pai consegue chegar."

"Qual é o problema de tomar um trago com eles em outra dimensão? O que isso tem a ver com Cioran?"

"Pai, não mistura Cioran com essa galera."

"Melhor mesmo, disse tudo, minha filha."

"Ah, é? Decidiu queimar a sua coleção do Woody Allen, Cibele?"

"É, mãe. A senhora não tem moral nenhuma. Bom, o papo tá muito bom, mas vou guardar meus presentes. Muito obrigada. Boa noite. Passar bem."

No dia seguinte, depois de muito insistir com Glorinha, ela começou a usar o sutiã de renda. Tentei que o exibisse para o pai e fiquei de prontidão para analisar a sua reação, qualquer expressão mais exaltada ou um eriçar de orelhas, mas, quando ela o fez, ele estava hipnotizado num jogo de futebol e deu uma espiada mal-humorada na filha.

"Olha direito, Maurício. Veja como ficou bonito o sutiã. Não ficou? Também com esses seios!"

"Merda! Perdi o gol!", disse chateado, largando a cerveja na mesinha de centro.

Ele só podia estar despistando, não era possível. Uma menina linda, com um corpo deslumbrante, em pleno desenvolvimento, o cabelo preto, escorrido, batendo na cintura, olhos de gueixa, amendoados, seios firmes, com mamilos saltados, sim, sua filha, mas ainda assim, uma ninfeta. Desde quando isso impedia os impulsos primitivos de aflorarem? Só podia ser fingimento. Num último golpe, pedi para Glorinha dormir na nossa cama. Os dois ficaram estupefatos com a ideia, mas inventei uma doença grave, recém-descoberta, só possível de lidar, se pudesse dividir a cama com os dois seres que mais amava no mundo. Depois de muita inquisição, titubeios e reclamações, os dois finalmente cederam.

Ao voltar do supermercado, no outro dia, encontrei os dois esgotados, sentados no sofá, com olheiras arroxeadas, por conta das noites mal dormidas e da preocupação com a minha saúde. Não tinha conseguido flagrar nada. Numa revolta súbita, liguei para o Exército da Salvação e pedi para buscarem todos os filmes do Woody Allen, mas nem eles aceitaram aquela bomba atômica. Então enfiei tudo num saco preto e joguei na lixeira do prédio, mas logo descobriram. Na reunião de condomínio, fui acusada de incitar a pedofilia, por deixar os filmes do pervertido cineasta expostos a céu aberto, mesmo que fosse o céu aberto da lixeira.

Num desabafo, contei a saga para a figurinista e a história espalhou-se em velocidade supersônica pelos corredores da produtora até chegar aos ouvidos do departamento de recursos humanos. Considerada perigosa e péssima influência para circular livremente pelos corredores do estúdio, passei a ser hostilizada pelos funcionários. Deprimida, não conseguia mais chegar no horário e comecei a faltar. Em pouco tempo, fui demitida.

Aquela criatura nociva que ainda guardava os filmes do célebre pedófilo não conseguia mais emprego na cidade. O síndico espalhou no prédio que nossa família praticava orgias e os membros dormiam na mesma cama. Em pouco tempo, nossa fama de pervertidos se espalhou pelo bairro. Com a polícia na nossa cola, meu marido, que àquela altura não havia mais retornado ao trabalho, sugeriu vender o carro, pegar o fundo de garantia e se mudar com a família para um lugar afastado.

Em pouco tempo, longe de todos, estávamos instalados em uma pequena casa, rodeados de galinhas e hortas. Meu marido abriu uma oficina mecânica perto da estrada e eu passei a cuidar da casa. Quase não tínhamos amigos e também não íamos à cidade, a alguns quilômetros dali. Sem notícias do mundo de fora, o clima de suspeita diminuiu e eu não vigiava mais os passos de meu marido nem da minha filha. Depois de alguns anos, Glorinha noivou e saiu de casa. Nas férias, Talita vinha nos visitar com o marido e a filhinha recém-nascida.

Na primeira noite sozinhos, antes de nos deitar, enquanto o resto da humanidade adormecia, eu e Maurício trancamos bem a porta, desligamos as luzes da varanda e metemos no aparelho um filme do cineasta norte-americano. Deitada sobre a penugem grisalha do seu peito quente e reconfortante, esperávamos juntos que o sono, com sua orgia de crimes e pecados, nos abraçasse em um fôlego curto, mas com intensidade o bastante para nos carregar para o deserto, ali, onde os flamingos flertam.

Essas pessoas

Essas pessoas não deviam estar aqui. Será que foram convidadas pelo grande proprietário? Elas são pessoas de outra ordem, de outras campanhas. Eu faço parte da campanha contra a difamação. Como posso estar no mesmo ambiente que aquele ali, que é a favor do desmatamento? Essas pessoas não deveriam, em hipótese alguma, estar aqui, no mesmo lugar que nós dois. A mulher que acabou de entrar, por exemplo, sabe quem é? A da campanha contra as armas. E na sua frente, ao lado da porta, está o capitão da artilharia se empanturrando de ostras. Nesse exato instante, ele a fuzila com o olhar. Melhor sair da linha de tiro e ir direto para a mesa de canapés. Acabei de ver que o pastor evangélico, condenado por corrupção e estupro de menor, se plantou junto aos aperitivos. E esse garoto prostrado à sua direita, o rapaz oriental de terno, é contra as cotas. Sentado na cabeceira da mesa está o líder estudantil a favor dos direitos humanos. Quem teve a brilhante ideia de juntar essa galera numa sala, numa festa, numa inauguração, sem nem ao menos nos avisar com antecedência? Eu poderia ter me preparado. Aliás, trouxe os exemplares? Onde estão? Não me diga que se esqueceu. Esse livro é o nosso capital simbólico e a garantia de um futuro melhor na Tasmânia. Ufa.

Que alívio. Ei, põe de volta na mochila, não dá mole de ficar exibindo o livro por aí. Só temos seis exemplares, precisamos distribuir escondido, pois se o capitão e a ministra percebem, já era! Isso dá até processo. Circula, circula. Nesse tipo de ambiente, com essas pessoas, é preciso estar sempre em movimento. Menezes, me escuta rapaz! Não se distraia nem com as mulheres, nem com os homens dessa sala. Vamos por ali.

Chegou a hora de selecionar os futuros patrocinadores. Só vamos atacar depois da sobremesa, entendido? Quando os convidados estiverem de barriga cheia, satisfeitos, de pilequinho. Enquanto isso, boca de siri, não precisa explicar o que nós reivindicamos. Inclusive, não precisa explicar nada. Vamos supor que estamos aqui só pelo badalo, só pelo *networking*. Eles não precisam saber o que nós reivindicamos. Não fica com essa cara. Se eles farejam o seu medo, eles te destroçam em praça pública. Lembra que viemos espalhar a mensagem de uma forma pacífica. Circula, circula. Acabou de entrar o advogado da ministra. Ele trouxe dois seguranças que assustam até o Imperador Adriano. Quem mandou defender medicamento sem eficácia? Bom, sabemos bem quem mandou. E agora está aí, com um pit bull de cada lado, tentando segurar a bronca. E eis que surge o sargento Durval de braço dado com a netinha. Uma imunidade parlamentar. Suas condecorações são tantas, que descem como cascatas pelo salão. Cuidado, Menezes. Não é porque é uma garotinha que é inofensiva. Uma neta de militar é uma neta de militar. Essas crianças aprendem a atirar desde o nascimento. É só ver uma mancha vermelha que fuzilam. Não se aproxima, não. E, por favor, nem pense em entrar nessa sala! Vem aqui, Menezes, me deixa explicar uma coisa. Você é muito jovem, mas já está mais do que na hora de aprender a fazer o reconhecimento de campo. Ali dentro estão *todos* os comandantes do primeiro, segundo e terceiro batalhão. Ambiente de alta periculosidade, entende? Além dos trinta e oito agentes da polícia federal, altamente treinados, juntos, confabulando. Nunca ouviu falar do Comando de Operações Táticas? Agora imagina o grupo militar e o grupo de elite reunidos, fumando charutos, com as botinas trepidantes. Fala a verdade. Não parece um local seguro, ao menos, não para nós, correto? Dali não sai um único doador, meu filho. Não se iluda. Não viemos aqui por causa deles, viemos apesar deles. Um comprador ou um investidor para os nossos livros passa longe dessa turma. Tá vendo ali na varanda? A cantora de cabelo vermelho é minha amiga. Ela está se preparando para entrar em cena. As imunidades parlamentares em volta, tudo esticando o pescoço para ver de perto as bailarinas. É a nossa deixa pra começar. Ela tem uma voz linda, né? Hipnotizante. Vem cá, você já esteve presente em algum evento com tanta tornozeleira eletrônica e medalha no paletó? Nem eu. E ali está ela, belíssima, do alto de seu status de milionária. Todos pululam ao redor. Já reparou? Mesmo quem fala mal de rico perde o rebolado quando dá de cara com algum. E ainda oferece a carótida. Rico é rico. É preciso se conformar. Eles sempre estarão a léguas de distância de nós. Ela? O que ela defende? Os hotéis, claro. Os hotéis do pai. Ah, meu amigo, se ela gostasse do nosso livro, a vida seria outra, tudo se resolveria num clique. Isso é fantástico. Você batalha, batalha e batalha até conhecer a pessoa certa, a pessoa que vai mudar tudo, porque é justamente essa pessoa que todo mundo quer ter ao lado. A herdeira. O herdeiro. Se quiser, posso até te apresentar. Claro que eu conheço. Já fomos amantes, inclusive. Não deu certo por causa do cachorro. Uma vida desperdiçada por causa de um mísero chihuahua. O bicho me odiava. E ela? Ela preferiu o cão. Não é uma ironia? Hoje em dia, temos uma relação civilizada, mas fria. Ela está casada com o dono da Volkswagen. Essas pessoas se casam bem, essas pessoas sabem vender o peixe, essas pessoas sabem se vestir de acordo com a ocasião e dizer a coisa certa, no momento certo, para o proprietário ideal. Por exemplo, com ela eu aprendi o verdadeiro significado das seguintes palavras: honorário, bonificação e pontaria. Os seus funcionários ainda me ensinaram a preencher relatórios e a dominar a planilha Excel. Não, eu não sabia. Pra você ver, antes dela, eu não fazia a mais vaga ideia de como me comportar em ambientes privados ou dominar os talheres, meu caro Menezes. Até que para um escritor considerado da margem, eu me saí muito bem. Acho que vou enfrentar o pastor, senão os pastéis vão acabar, ele já devorou a bandeja inteira de empanadas. Circula, circula. Vamos arrumar um lugar distante dessa pança pornográfica, porém próximo dos profiteroles. Como o canalha envelheceu! Você acha que estou bem pra minha idade? Minha esposa diz que sim, que eu rejuvenesci uns cinco anos depois da cirurgia, talvez sete, mas que perdi massa muscular e estou flácido. Isso é o que ela diz. Você devia marcar uma consulta com o nosso nutricionista, em dois meses ele resolve essa confusão no seu queixo, sua esposa vai até me agradecer a remoção da papada. Não se engane, meu filho. Com o tempo, só piora. Sabia que metade desses homens e dessas mulheres fizeram uma ou duas bariátricas? Talvez seja um fenômeno do nosso tempo. Ou algo geracional. Essas pessoas frequentam as melhores academias, nos melhores bairros e estão bronzeadas porque possuem piscinas. Mesmo assim continuam com a boquinha nervosa e não param de devorar carboidratos. E os funcionários dessas pessoas? Os garçons, os alfaiates, os eletricistas, os desentupidores de pia, os serventes, os porteiros, seguranças, babás, faxineiras, motoristas, entregadores de pizza, entregadores de pó, entregadores de placebos, os operários? Estão todos aqui. Mas eles não podem se aproximar tanto, precisam permanecer ativos, trabalhando, sempre se deslocando próximos às paredes. Sabia que para atravessar uma sala pelo meio, abrindo espaço na multidão de medalhistas, é preciso ter bariátrica e piscina? Pode reparar. Olha ali, os contratados caminhando rente às paredes e os contratantes esbanjando diagonais. Claro que nós podemos, óbvio. Temos uma empresa, ora. Somos prestadores de serviço, mas somos MEI. E escrevemos livros. Nós podemos atravessar a sala distante da parede, com toda a certeza. Não convém experimentar agora. Vamos aguardar as bebidas.

Pronto. Apagaram as luzes. Deve ser o momento dos parabéns. Claro que é o aniversário de alguém. E só pode ser do grande proprietário. Quem mais comemora aniversário hoje em dia? Só não entendo por que ninguém começa a cantar. Que estranho. Aquilo é o bolo? Mas não acenderam a vela. Você tá vendo alguma coisa? Nem eu. Por que as pessoas se calaram? Não estão nem cochichando. Opa, desculpa. Acho que peguei na pança do pastor. Me deixa passar, por favor. Obrigado. Não estou gostando disso, Menezes. Se continuar assim, não vamos conseguir entregar os livros. Por que ninguém diz nada? Só vejo vultos. Bom, paciência. Vamos aguardar. Rico é cheio de mania, cheio das excentricidades. Temos que aprender com eles a vender nosso livro. Engraçado, até já me acostumei com a escuridão. A vida é assim, não é? A gente se habitua a cada coisa! Tá vendo ali? Os homens da sala de alta periculosidade se levantaram. E agora alguém separa os convidados em filas. É o grande proprietário que escolhe para onde vai cada um. Ei, não precisa me empurrar. Ora essa. Isso é jeito de tratar um convidado? Menezes, por que estão nos levando para a fila do lado esquerdo, perto da parede? O que isso quer dizer? O pastor corrupto, o deputado dos remédios sem eficácia, a bela milionária e o capitão estão em outra fila, a do meio. Agora trazem o líder estudantil e a mulher a favor do desarmamento pra ficar com a gente. Por que os funcionários estão vindo pra cá? Somos MEI. Estão decidindo onde botar os seguranças do deputado. Pronto, vão ficar lá atrás. As pessoas da fila do meio entram na sala de alta periculosidade e se sentam. O grande proprietário acende a luz da saleta e fecha a porta, mas nós continuamos aqui, no escuro. Eles nos deixam em pé numa fila e no escuro. Que palhaçada é essa? Os comandantes estão vindo pra cá. Estão vindo em nossa direção. O que eles seguram? São cães? Essas pessoas não deviam trazer seus cães para a festa. Essas pessoas não deviam tirar a coleira desses cães. Nem as focinheiras desses cães. Essas pessoas não deviam incentivar os cães a correrem. Essas pessoas...

Algas marinhas

"Não deixa cair", diz minha mãe.

Ela abre a bolsa e me faz jogar o condicionador ali dentro. Em seguida, me arrasta para a prateleira do canto. Seus dedos gelados e velhos se agarram ao meu pulso com força. Estamos a mais de meia hora rodando neste supermercado imenso com o carrinho vazio, girando em falso de um lado para o outro. Minha irmã sumiu, não consigo vê-la daqui, deve estar empacada diante de uma gôndola qualquer, olhando para cima e tentando encontrar as câmeras de segurança.

Nem toda seção tem monitoramento, minha mãe nos ensina. Há pontos cegos, isto é, áreas que não são cobertas pelas imagens das câmeras. Além disso, postura é fundamental. Minha mãe, por exemplo, usa o cenho franzido para passar credibilidade, eu prefiro sorrir sem os dentes, já minha irmã mastiga algas.

A questão psicológica é sempre letal. Se você mantém o charme, nenhuma evidência te alcança. Tudo isso aprendemos em casa, depois que o nosso pai foi embora. Apesar de tantos ensinamentos, minha irmã não consegue se adaptar.

"Precisava demorar tanto? Cadê essa garota?"

Aposto que ela está na seção de laticínios. Adianto-me um pouco, mas minha mãe me agarra pela camiseta e me leva em direção ao açougue.

"Mãe, o que você está fazendo?"

"Como, o que eu estou fazendo?", sua irritação parece legítima.

Claro que eu sei o que estamos fazendo, mas gostaria de ver as palavras saírem, ao menos uma vez, da sua boca, sem a fumaça atenuante do cigarro. O batom escapa de seus lábios finos, dando-lhe um aspecto mais sombrio do que divertido.

"Fazemos compras", ela diz.

Nem pisca, se mantém firme em sua postura de dona de casa ocupada, com a lista de compras na mão, cenho franzido.

"Fazemos compras?"

"Fazemos compras", ela aponta para as prateleiras do supermercado de um lado e do outro. Pesquisa o preço das carnes e faz uma careta. Em seguida, retira o carrinho de minhas mãos de maneira brusca e se dirige à seção de enlatados. Olho para trás, mas nem sinal da Julia. Por um momento, temo por sua segurança, será que ela foi pega? Busco disfarçar a apreensão e deslizo para o corredor da esquerda, mas, ao me encaminhar até a seção de eletrônicos, o olhar severo de minha mãe me detém.

Retorno e me prostro ao seu lado, melhor não contrariar a velha até encontrar minha irmã. Ela me pede para segurar a lata de atum. Não entendo.

"Põe na bolsa, rápido!", ordena naquele tom exasperante.

"Não sabia que você comia atum."

"É pra sua irmã, seu idiota", ela sussurra, indicando com o cenho franzido a bolsa aberta. Investigo ao redor, mas ali, de fato, é um ponto cego. Deve ter sido por isso que a velha decidiu pelo atum. Depois me entrega duas latas de sardinha. Nesta manhã, ela cruzou uma linha importante. Geralmente levamos apenas xampu, condicionador, sabonete e absorvente interno. Por algum motivo, minha mãe considera que não deveria pagar por produtos de higiene pessoal, ao menos, não depois de ter sido abandonada pelo meu pai.

Acabo de ver o rosto de uma menina muito parecida com a minha irmã, porém bem mais tímida e naufragada, na gôndola de bebidas alcoólicas. Jogo as latas de atum e de sardinha na bolsa e sigo em seu auxílio, deixando minha mãe para trás. Julia está tão vermelha e transtornada que não reconheço nem os seus traços, nem a sua voz.

"Não consigo, Edu. Não posso mais", ela diz, tremendo. Segura uma garrafa de vodca na mão direita e na outra, uma verdura. As lágrimas descem sem parar, molhando a camiseta "Lute como uma garota". Até os brócolis parecem assustados. Não sei o que fazer, mas, como irmão mais velho, preciso dizer alguma coisa. Largo um "não se preocupe" como quem lança uma corda ao oceano, no escuro, em meio à tempestade. Tento retirar os brócolis da sua mão, mas ela se afasta, ressentida.

“Não tira isso de mim! É a única coisa que eu tenho.”

“Uma verdura?”

“Brócolis me acalma.”

Minha irmã é imprevisível quando sente medo. Depois que os ataques de pânico se acentuaram, tivemos que tomar algumas providências, como trancar a porta do quarto, durante a noite. Alguns meses após o sumiço do pai, Julia deixou de sair com as amigas e de ir ao colégio. A sua respiração pifou. Às vezes, ela entoa mantras de madrugada, outras vezes, bate os pulsos contra os vidros da janela. Observo agora como esfrega a verdura no peito, fazendo um círculo, e penso em me mudar de país. Ela ainda respira com dificuldade. Está de olhos abertos, mas não parece me ver. O seu desespero é maior do que a bolsa de couro de nossa mãe, capaz de carregar uma infinidade de destroços. Não sei o que fazer com tanta ruína, preciso apenas reconhecer os pontos cegos.

“Fazemos compras”, eu digo.

“O quê?”

“Fazemos compras”

“Por que você está falando assim?”

“Compramos algumas coisas.”

“Não, Edu. Não compramos nada.”

“Eu vou comprar duas barras de chocolate.”

“E as outras coisas?”

“As outras, não.”

“O que deu em você?”

“Em mim?

"Por que você está falando que nem a mamãe?"

"Não estou falando que nem ela."

"Olha aí, de novo. Negando tudo, negando sempre."

"Jamais."

"Negacionista!"

Julia fecha os olhos e passa os brócolis em suas pálpebras. Vejo o seu peito subir e descer com um esforço grande demais para os seus treze anos.

"Hoje eu não vou levar nada", ela diz, enquanto me entrega a garrafa de vodca.

"Tudo bem."

"Talvez leve apenas isso."

E abraça os brócolis, aos soluços.

"Agora, chega. Vamos embora", digo, sem conseguir conter a irritação.

"Me promete uma coisa?"

"O quê?"

"Se um dia eu for presa, você vai me visitar na cadeia?"

"Que papo é esse?"

"Homens não visitam mulheres."

"Você fica obcecada nesse assunto."

"Mas é verdade. Só as mulheres visitam os presos e as presas."

"Perde essa mania de cárcere!"

"Promete!"

De repente, a música ambiente é interrompida por uma voz feminina que ressoa por todo o estabelecimento.

"Clientes Julia e Eduardo, favor se dirigirem ao caixa." Antes que minha irmã diga qualquer coisa, eu a seguro pelo braço e a carrego em direção à seção de enlatados, mas nossa mãe não está mais lá. Julia me faz um sinal com a cabeça, apontando para a entrada da loja.

De longe, vejo uma mulher de estatura mediana e olhos grandes, gesticulando com as duas mãos para o alto, em frente ao segurança. Puxo a minha irmã, mas ela se recusa a vir. A mulher, como se pressentisse a nossa aproximação, para de falar e se vira. Ela nos vê. Julia aperta o meu braço, sufocada.

"Não quero ir pra cadeia."

"Ninguém vai ser preso. Larga esse brócolis."

"Eu nem faço parte da família."

"Como assim?"

"Você sabe. Sou muito diferente de vocês. Enfim. Não faço parte."

"Do que cê tá falando?"

"Tenho certeza que um dia você vai me perdoar."

Julia me abraça com ardor. Depois me encara com os olhos úmidos, como quem se despede de um condenado. Ela segue alguns metros na minha frente no sentido oposto ao de nossa mãe.

A voz do alto-falante retorna: "Clientes Julia e Eduardo, favor se dirigirem ao caixa". Julia estaca, num receio, como se recebesse uma ordem inviolável. Ela dá meia-volta e olha para mim, impregnada de dúvidas.

Olho para trás a fim de estudar a situação. Uma

moça, de uniforme e coque, repete o aviso pelo microfone, dessa vez num tom menos paciente. Ao seu lado, o segurança notifica alguém através do rádio. Minha mãe aponta em nossa direção. O segurança desliga o rádio e a gerente larga o microfone. Os três nos fuzilam com o olhar. Estou chocado.

"Ela nos entregou. Como uma mãe pode fazer isso com os próprios filhos? Pode me dizer?", diz Julia, numa palpitação.

Seus olhos chispam fogo, os de minha mãe, não os de Julia, agora mais pálida e mais dependente da verdura do que nunca. Ela não tenta fugir e a sua resignação me faz sofrer. Os três estão diante de nós e nos investigam em silêncio. A mulher, de cabelo loiro e grandes gestos, dá um passo à frente. Essa mulher é a nossa mãe.

"Onde vocês se meteram? Querem me matar do coração?", ela diz e assoa o nariz com um pedaço de papel de embrulho.

O segurança troca um sinal com a gerente. Julia está quase estendendo os braços em sacrifício, oferecendo os pulsos às invisíveis algemas, mas impeço o deslize a tempo e a seguro pelo ombro.

"Muito obrigada, seu Paulino. Desculpem o transtorno. Adolescentes, sabe como é", minha mãe diz, numa simpatia modesta.

"Não seja por isso", responde o segurança e nos lança uma última fitada antes de se afastar. Julia continua tremendo, parece sentir frio em pleno verão de quarenta graus.

"Vocês pegaram tudo?", pergunta minha mãe com naturalidade.

Ninguém responde. Noto o imenso volume na bolsa que, de tão entupida, impede o zíper de seguir em frente.

"Edu, responde!"

Procuro pelas câmeras e me pergunto de onde ela tirou tanta frieza para chamar o segurança, mas tentar decifrar isso agora poderia ser a gota d'água. Julia abre um pacote de algas marinhas e mastiga sem parar. Minha mãe sabe que estamos um pouco chocados.

"Vocês sumiram! Me desesperei. Edu, cadê o sabonete?"

"No bolso."

"Larga esses brócolis, Julia. Não seja idiota."

Julia a encara com uma fúria nova.

"Tira a mão. Nem pense em se aproximar mais um passo. Eu vou pagar, ok? Eu pago pelas minhas compras."

"O que deu nela?", minha mãe me pergunta, reparando na filha como se a visse pela primeira vez.

Ficamos os três em silêncio. Antes de seguir para o caixa, ela joga um detergente e um rolo de papel higiênico no carrinho.

Eu ponho a garrafa de vodca na esteira e as duas barras de chocolate, além do detergente e do rolo de papel higiênico. Julia aguarda o pagamento ser feito e não deixa ninguém se oferecer para pagar a verdura. Ela espera pacientemente a sua vez como se não nos conhecesse, como se não fosse da família. Eu sei o que está pensando. Se formos pegos, ela vai fingir que não tem nada a ver com isso. Do lado de fora, minha mãe acende um cigarro. Não parece receosa, mas me apressa assim que desponto na calçada. A demora de Julia a tira do eixo.

"O que essa garota está pensando?"

Dou meia-volta e a encontro detida no caixa, a fila aumentando e fervendo atrás. Julia me olha, vermelha e inconformada.

"Foram as algas."

"Algas?"

"Não tenho dinheiro para o pacote."

Retiro alguns reais do bolso e pago. Antes de dar as costas, vislumbro o segurança, de cabeça baixa, dentro de uma saleta, conversando com um senhor careca e engravatado. Ele me vê e a sua expressão muda, como se estivesse magoado.

No carro, minha mãe joga a bolsa e respira aliviada. Ela se reclina no encosto, mexe as pernas devagar, engata a primeira. Esta é a minha mãe, digo a mim mesmo, enquanto ela põe Barão Vermelho para tocar, retoca o batom exagerando o contorno da boca e acende um cigarro. Desde que tenho lembrança saímos de carro pela cidade, ouvindo som alto e fazendo compras nas Lojas Americanas. Minha mãe sempre gasta mais do que ganha com seu pífio salário de inspetora de escola, mas não acho que meu pai a tenha deixado por causa disso. Após a separação, entretanto, ela se tornou uma mulher revoltada. Apesar de nunca falar sobre o assunto, um dia a ouvi chorando ao telefone, enquanto dizia para a irmã, Mirtes, que precisava ser recompensada por tanto sofrimento. Não devia ter que arcar com as despesas sozinha, enquanto o ex-marido sumia pelo mundo, sem contribuir com nada, nem aluguel, nem condomínio, pensão alguma para os filhos. E enrolava um pouco de papel higiênico para assoar o nariz. Na última vez que o vi, meu pai disse que não levaria uma única agulha de casa, porque queria se jogar por aí, sem paradeiro, sem bagagem, sem olhar para trás. E desapareceu. Minha mãe se apegou a qualquer bugiganga da esquina e a casa passou a imitar um bazar de Natal.

Tudo começou com um sabonete, depois uma pasta de dente, seguido de xampu, fio dental, gilete. E com o tempo, ela passou a nos requisitar para ajudá-la a esconder outros artigos de higiene pessoal. Nesta manhã, contudo, violamos uma lei, com as latas de sardinha. Agora também somos ladrões de comida.

Chegamos em casa meia hora depois. Ela abre a garrafa de vodca e serve uma dose caprichada. Tira os produtos da bolsa e deixa na mesa. Não param de surgir novas mercadorias. Há um frango congelado do qual não fui testemunha. Uma garrafa de Coca-Cola 500 ml, uma caixa de leite integral e um biscoito recheado. A casa está abafada, e da cozinha vejo Julia tirar a roupa, ficando apenas de calcinha e camiseta. Ela se deita de barriga para baixo no piso gelado da sala. Há meses estamos sem ar-condicionado e o ventilador de teto é um fiasco. O calor da manhã, somado ao espaço exíguo, faz com que eu deteste cada uma dessas miniaturas: minha mãe coleciona várias espécies de corujas, em cerâmica, de vidro, de resina, de gesso, de madeira, em diversos tamanhos e cores. Não tem um só canto desta casa sem uma ave de rapina para nos vigiar. Isso sem falar na Sofia, a buraqueira.

É insuportável ver minha mãe tirando novos produtos da bolsa, enquanto se serve de mais bebida e fuma sem parar.

"Abram as janelas, seus idiotas!"

"Já abrimos tudo, mamãe", grita Julia, mastigando algas marinhas, "não se esqueça de cozinhar meu brócolis".

"Já acendeu o forno, Edu?"

"O que significa isso tudo, mãe?"

"Como assim, o que significa?"

"Que loucura foi essa?"

Com o cenho franzido, ela retira um pote de palmito de cinco litros e uma lata de azeite da bolsa. Não entendo como cabe tanta coisa ali dentro. Ela liga o forno e enfia o frango com certa violência.

"Que merda está acontecendo aqui, mãe? Você trouxe até macarrão instantâneo."

"Se não quiser, não come. Tira a Sofia da sala, Julia."

"Ela está com calor", diz minha irmã, sem se mover do piso frio.

"Não quero essa coruja na minha cozinha."

"Quem ganhou de presente foi você!", diz Julia.

"O papo aqui é manicomial", digo, enquanto dou uma larva para Sofia comer.

"Edu, me ajuda aqui com o palmito."

Com o suor pingando das têmporas, por conta da guerra contra a maldita tampa do pote, me afasto com a coruja para o quarto. Meu pai havia tido a brilhante ideia de dar de presente, no aniversário de quarenta anos de minha mãe – com dois dias de atraso, diga-se de passagem –, uma coruja viva, não de cerâmica, como era o hábito, mas uma buraqueira real. O sujeito costumava sumir e retornar bêbado, fedendo a óleo diesel, principalmente depois de perder o emprego, mas foi a primeira vez que retornou com uma ave de rapina no ombro. Não explicou onde conseguiu, nem aceitou devolvê-la. Semanas depois, o velho foi embora. Todo santo dia, minha mãe diz que vai resolver essa pendenga, mas o tempo passa e Sofia fica.

Quando ligo o chuveiro para tomar uma ducha gelada, ouço a campainha. Minha mãe berra alguma coisa da cozinha, que não entendo, Sofia pia do quarto e Julia continua abraçada à sala, mastigando algas marinhas. Desligo o chuveiro e me visto. Abro a porta e fico olhando para ele. Pergunto como sabe onde moramos.

"Segui vocês", ele diz.

É o segurança do supermercado, sem o uniforme de segurança. Ele permanece imóvel, mas espia para dentro de casa. Sem o uniforme, parece um sujeito manso, apaziguado, e uns cinco centímetros mais baixo. Não sei se o convido para entrar ou se ficamos por ali mesmo, no umbral. Tento averiguar se ele está acompanhado, se alguém o espera no carro ou atrás de uma pilastra, mas não vejo mais ninguém na rua. Ele não parece estar armado.

"A sua mãe está?"

De repente, ouvimos um pio estridente vindo do quarto.

"O que é isso?"

Não respondo, mas na distração o convido a entrar. Nesse instante, minha mãe aparece, esfregando as mãos num avental novo, estampado com duas corujas sorridentes.

"Seu Paulino? O que faz aqui?"

Ele entra e eu fico na dúvida se fecho ou não a porta, mas não apenas a fecho como a tranco com o ferrolho. Indico uma cadeira perto da mesa. Ele não sai do lugar, intrigado com a imagem da minha irmã abraçada ao piso frio.

"Ela sofre muito com o calor", digo, sem muita certeza da eficiência da explicação. Ele me olha sem entender, mas acaba decidindo por se sentar.

"Acredito que são os primeiros sinais da menarca", insisto e me sento à sua frente.

"Menarca?"

"A primeira menstruação"

"Cala a boca, idiota! Ela é depressiva", minha mãe diz e prende o cabelo num coque malfeito, que a deixa parecida com a dona Octaviana, a confeiteira evangélica da casa ao lado. A coruja pia de novo. Fingimos não escutar.

"Em que posso ajudar, Seu Paulino?", e ela cobre a minha irmã com um lençol. Julia não se mexe.

"Bem."

"O senhor está armado?"

"Como?"

"O senhor entrou aqui armado?"

"Ah, bem... Entendi a pergunta. Não, não estou armado. Fica tranquila."

"Tranquila? Por que eu tenho que ficar tranquila? É claro que eu estou tranquila. Estou na minha casa, não estou?"

"É, está. Enfim. Claro que está."

"Mãe, por favor. Deixa o Seu Paulino explicar o motivo da visita", digo, entre nervoso e desesperado.

"Aceita um café?", minha mãe diz e sorri de uma maneira esquisita.

"Não, obrigado."

"Água?"

Ele diz que sim, mas minha mãe permanece imóvel. Ela fica olhando para o homem sentado na mesa da sala como se ele fosse uma mercadoria nova e, desse modo, procura harmonizá-lo ao espaço, ajeitando a bromélia de um lado e a árvore da felicidade do outro.

"Pensei que fosse menor", ele diz, com certo embaraço na voz.

"Que quem fosse menor?", minha mãe pergunta, distraída, alisando a toalha da mesa e mexendo num quadro.

"Quero dizer. Achei que vocês morassem numa casa ainda menor."

"Menor que esta? Só se fosse um muquinfo", ela diz e solta uma risada assustadora.

"O homem está com sede! O homem está com sede!", minha irmã repete embaixo do lençol.

"Ah, claro. Esqueci completamente", ela diz e corre até a cozinha. O segurança observa a decoração com um interesse peculiar. Ele já se acostumou com a minha irmã deitada no meio da sala, porque, quando se levanta, salta naturalmente as suas pernas para ver o quadro mais de perto. Em seguida, se aproxima de uma coruja de cerâmica.

Minha mãe retorna com uma garrafa de Coca-Cola 500 ml na mão e o biscoito recheado na outra. Depois traz os copos e os pratos. Ele repara na garrafa e no biscoito com um ar desolado. Tomamos Coca-Cola em silêncio e comemos o biscoito recheado. De repente, ele se levanta e se dirige até a porta.

"Seu Paulino, mas o senhor até agora não disse o motivo da visita", minha mãe diz.

Ele se vira lentamente e nos olha com pesar, como se adiasse a intempérie. Dá dois passos em nossa direção.

"Fui demitido."

"Como é que é?", minha mãe diz e se levanta.

"O gerente da rede apareceu pruma inspeção e viu o furto nas imagens da câmera. Me demitiram."

"Que furto, meu Deus?"

Ele a olha com uma perplexidade ressentida.

"Quando aconteceu isso?", pergunto para amenizar o clima.

"Hoje, logo depois que vocês saíram. O chefe foi curto e grosso. Então corri e segui vocês. Ele não sabia que a senhora estava tão perto", o homem diz e franze o cenho, amargurado.

Julia se levanta com o rosto vermelho, se enrola no lençol e se senta à mesa.

"Meu Deus, Seu Paulino. E por que o senhor nos seguiu?"

Nós dois olhamos para o rosto de nossa mãe. Ela mastiga o biscoito recheado com um ruído irritante e tem o batom totalmente fora do contorno da boca.

"A senhora sabe."

Ela se levanta, esfrega as mãos no avental, seus olhos fagulham.

"Não, não sei."

"Foi por sua culpa."

"Minha culpa? Do que o senhor tá falando?"

"A senhora se esqueceu dos pontos cegos. A câmera gravou o furto."

Minha mãe, pela primeira vez em cinquenta anos, fica sem palavras. Ela põe as duas mãos na boca como se testemunhasse um grave acidente de trânsito do outro lado da avenida. A coruja faz um som terrível

"O que é isso, afinal?", o segurança pergunta.

"Isso o quê?", minha mãe berra, explodindo.

"Esse som. Parece um bicho, nunca ouvi algo assim."

"Ah, é a Sofia, nossa coruja", Julia responde, mastigando algas.

"Vocês têm uma coruja dentro de casa?"

"Qual é o problema?", minha mãe pergunta.

"Bom, eu só gostaria que a senhora devolvesse o celular, ok? Não peço nada além disso, não tenho condição de arcar com o prejuízo. Só quero meu emprego de volta."

"Celular?", pergunto, incrédulo.

"Ela furtou um aparelho celular, de última geração!", diz o segurança, num rancor.

"Mãe!"

"Calma no Brasil! O senhor vem aqui, na minha casa, me chama de ladra na frente dos meus filhos, diz que sou culpada pela sua demissão e ainda me acusa de ter furtado um celular?"

"Vamos parar com isso, tá bom? As câmeras gravaram tudo. Eu vi."

"Estou passando mal. Alguém pega uma água, por favor."

Não consigo sair do lugar, minhas pernas bambeiam. Ela está louca.

"Vai, idiota!"

Eu vou até a cozinha, procuro o celular, mas não consigo encontrar a bolsa em lugar nenhum. Vou até o quarto e nada. Quando retorno para a sala, minha mãe está deitada no chão.

"O que aconteceu?"

"Ela desmaiou", o segurança diz, imóvel, encostado na parede, como se ela tivesse uma doença contagiosa. Julia está de pé e olha para baixo com o rosto inclinado, tentando entender o que ela está fazendo.

"Pega um copo d'água", ordeno.

Verifico se a velha está respirando, seguro o seu pulso. Não morreu. Dou umas batidinhas de leve em seu rosto e ela abre os olhos.

"Escuta, eu não queria provocar nada disso. Só preciso do celular pra devolver na loja. Eles estão me cobrando e eu não tenho dinheiro."

Reparo que a cor no rosto de minha mãe está voltando e a ajudo a se sentar. Julia retorna com o copo d'água, que ela bebe, aos golinhos. Ela me olha com uma expressão de absoluta fragilidade e pergunta ao homem com uma voz baixa e sinistra:

"O senhor já se separou?"

"Como?"

"O senhor já foi abandonado por alguém?"

"Bem, não. Sou casado há três anos. Tenho dois filhos. Minha esposa é uma ótima companheira."

"Então."

"Então o quê?"

"O senhor não entende."

Julia surge do quarto vestida de preto, com a coruja no ombro. Ela grita: "Minha mãe não é uma ladra! Minha mãe não é uma ladra!".

Sofia abre as asas e voa. Vai parar na última prateleira da estante de livros, acima da cabeça do homem. Ele dá um pulo para trás e, instintivamente, saca a arma. O tiro acerta uma coruja de vidro que se espatifa no ar. Sofia o persegue pelo cômodo fazendo um som agudo. Ele tenta abrir a porta, mas na afobação, não consegue, está nervoso demais para mexer em trincos. Finalmente, consegue girar o ferrolho e foge, correndo.

Terno subsolo

Sou uma mulher má, uma mulher doente. Uma criatura desagradável. Acho que sofro do pulmão. Ou seria fígado? Tanto faz. E se não me trato é por pura maldade, não por desacreditar dos médicos, já que respeito a ciência e a medicina. Não, se me empenho bravamente no cultivo ao subsolo, deve-se a certa acidez congênita, digna de um espírito fraco e roedor, criado em lugarejo inóspito. Com a pertinácia do indivíduo das grandes cidades, sigo a linha reta e mesquinha das agonias particulares. Não sei nada sobre a minha doença e decidi não mais me tratar. Parei de engolir pílulas azuis, cinzas, lúcidas pílulas, a medicação me deixava sonolenta, boca seca, alheia, até mesmo surda, quase cega. Não, não aprecio as bulas. Os pediatras, os laboratórios. Os cirurgiões plásticos. Melhor não me meter com esse tipo de gente.

Permita-me a primeira contradição desta nota. Se antes disse que respeitava os médicos e a ciência, foi apenas para lhe agradar. Para ser ouvida. Para ter a sua aprovação. Porque na aridez insalubre do meu coração há apenas calvário. Nenhuma crença. Nenhum eco. Nenhuma emenda. Quanto mais sofro, mais estimada me é a dor e menos medo sinto diante dela.

É noite em mim, sem venezianas ou eucaliptos para aplacar tudo aquilo que entra e não avisa. Compreensão empírica de uma voluptuosa desesperança. Obsessão por inimizades. Tráfico interno de indiferença e morbidez.

Desde pequena, intuía essa presença perigosa que, como um réptil de calçada, crescia vagarosa, em silêncio, distanciando náufragos pretendentes. Os colegas zombavam da esquálida figura. Mixórdia. Diziam: que estranha, tão miúda e praguejante, essa corcunda de beira de estrada. Entalados ficavam com a sabedoria implacável da adivinha mirim. Subia e descia os andares com ciganas cartas acobertadas na merenda escolar. Durante o recreio, Madame Ogra se apossava de mim e lançava profecias funestas. Impressionei muito. Derrubei lares e incendiei famílias inteiras. Nunca voltei atrás para corrigir ou demonstrar arrependimento: sua mãe plantou pomares de quatro com o auxílio capital do jardineiro; seu pai apareceu na espúria lista petrolífera; não era ataque cardíaco, tudo venéreo; seu futuro não é o matrimônio, mas o manicômio; gripada não, grávida, minha filha!

Tenho setenta e sete anos e não me curei. Ao contrário, segui por arames cada vez mais farpados, trançando enredos, empilhando ardis, lapidando mágoas, consciente do caminho e firme na investigação iniciada. Atropelei santos e coroinhas, neguei o abraço fraterno mancomunada ao vício, ao excesso e à embriaguez. Não me arrependo. Fui fiel ao sangue. DNA ruim. Gênese da intriga. Mas também não é para tanto, você diz, embora saiba, desde as entranhas de sua pálida sanidade, que não existe justificativa para a destruição.

Criança solitária, descobri o vigor da palavra esguelhando as passagens, esmiuçando o buraco da fechadura, vigiando a palestra dominical, entre o fanatismo da congregação e a venalidade dos bastidores. Os padres são os grandes mestres na arte da desconfiança e prática de vilezas, insistem na ideia do diabo e ai daquele que desdenhar de sua autoridade. Quanto mais o convocam, mais o tinhoso alegra a convivência. Publicitários da discórdia, os homens de Deus elevam a dor e o sofrimento encarecendo o prazer do gozo e parcelando a salvação. Oh, hóstia consagrada, me perdoe a infâmia! Quanto mais jejuo mais fome sinto, quanto mais me afasto menos quero me livrar. Sangue do meu sangue, seduzi pai, irmão e padrasto, consciente dos dons sensuais que a carne famélica dos antepassados me legava. O sangue inaugural foi determinante na jornada da fúria. Esperei o primeiro cio com a paciência beneditina dos devotos, antes de me apoderar da seiva familiar. Aos doze anos, no ritmo engenhoso das contrações musculares e espalhando pelo ar noturno o cheiro característico que as fêmeas exalam no período, impregnei o leito paterno com a fecunda presença e consegui atrair o macho inseminador. Tive filhos que doei, um outro que. Não me arrependo.

Alguns diriam que motivos houve, que motivos há, afinal, nascer mulher e ser criada em seita religiosa não poderia render brandos mormaços, mas buscar causas só desencadearia novos equívocos. O exame minucioso apenas riscaria a borda e, se algo alcançasse, não seria o lume e, sim, as mais obscuras razões. O remorso, quando surge, principia diante do abismo. O arrependido está prestes a saltar ou a ser empurrado, é um sujeito amedrontado, nascido da iminência do castigo. Que razão seria aceitável para seduzir os mais próximos, conduzindo-os ao incesto? Ou para renegar um filho e abandonar a família ao deserto da fome? Setenta e sete anos e nenhuma virtude. Para me manter viva foi preciso uma boa dose de indelicadeza, se algum virtuoso durar mais de cem dias na Terra, favor averiguar. A inocuidade do carrasco, treinado para captar sentido em tudo, nutrido de boas intenções, viceja nos melhores meios. Não busco a complacência dos castos nem o riso cúmplice do idiota. Não há par.

Mas como o destino é pivete, foi de seu agrado reservar a grande trapaça para o inverno dos dias, despejando no meu colo o anseio esquecido desde o berço.

Eu o conheci na calçada de um parque famoso no bairro dos Jardins, há oito anos, em uma noite fria de agosto. Enquanto esperava em pé na esquina, ele fazia círculos com a fumaça do cigarro e esfregava as mãos tentando se aquecer. Quando um carro diminuía a marcha, ele corria os dedos compridos sob o agasalho. Vestindo um moletom com capuz, um número menor do que o necessário, calça jeans e mascando chiclete de boca aberta, o rapaz mirava o entorno, impaciente. De vez em quando soprava a goma e a deixava explodir sobre o nariz, fazendo um desenho engraçado.

Enlacei o instante, equilibrei o cigarro entre os dentes e pedi fogo. Ele tirou o isqueiro do bolso sem levantar a vista, e o crocodilo destacado entre o abdômen e a pélvis emergiu sob o moletom. Fascinada, traguei fundo sem desgrudar os olhos daquela região. Um carro esporte estacionou e o rapaz correu, deixando o isqueiro para trás. Inclinou-se sobre o banco do motorista, e a calça frouxa, quase caindo, deixou mais uma vez à mostra sua pélvis tatuada. Os homens trocaram duas palavras, o rapaz assentiu com a cabeça e o motorista acelerou, levando consigo o menino e o crocodilo.

No dia seguinte, de peruca loira e maquiagem caprichada, aguardei pacientemente dentro do carro, mas ele não estava lá. Quando surgiu, já anoitecia. Pelo retrovisor, do outro lado da rua, lá estava o moço de jaqueta de couro, saindo de um conversível azul. Com o batimento acelerado, caminhei decidida em sua direção. Devolvi o isqueiro. Ele me encarou surpreso e soprou uma bolha de goma de mascar que logo estourou, tingindo de vermelho o nariz aquilino.

"Quanto você cobra?", perguntei à queima-roupa.

Ele me observou de soslaio, franziu o cenho e baixou o rosto. Parecia hesitante e chutou uma pedrinha na calçada.

"Duzentos pila a hora."

"Aceito."

Levantou o rosto e suas pupilas se cravaram nas minhas, mas algo feriu o seu olhar como um relâmpago. Apesar disso, não ousei qualquer reação. Ficamos assim, parados um diante do outro, nos medindo sem avançar. Dava para ouvir a pulsação dos cacos de vidro sob o compasso esparso dos automóveis. Um morador de rua atravessou aos saltos largando um palavrão terno no ar, seguido por vaticínio bíblico, e para trás ficou o cheiro de cadáver e o cobertor de papelão. Um boxer, enfeitado com bandana vermelha, enfiou a fuça nas dobras da vira-lata vizinha, magriça como a dona, e na varanda, entre mordidas e juras de pavor, o lusco-fusco turvou a nudez do casal. Até que a freada brusca seguida de buzina machucou nossa silenciosa negociação.

Começou a trovejar. Largos pingos afastaram cães e madames da praça, anunciando a entrada da hora quente, boca da noite, quando não é mais possível recuar. Incomodado com a bandana e com a chuva, o boxer soltou um latido desafinado e o céu engrossou. A aguaceira lambeu nossas mãos contraídas e os desavisados das ruas. Apressou escambos e desgraças, nos intimando à realidade. O rapaz do púbis tatuado voltou a mexer os lábios devagar e a mascar a goma no ritmo habitual. Parecia ser a primeira vez do moço. Ele estava diante de sua defloradora, a velha e temida senhora, peruca encharcada.

Entrou no carro, riscou o fósforo três vezes, mas a vigarice do vento impediu o alívio da fumaça. Nervoso, desistiu do cigarro molhado e o devolveu ao maço. Tirou o boné e coçou a cabeça, aturdido. Reparou na bagunça do banco de trás, mudas de roupa, sapatos pra doação, embrulhos esquecidos. Quando arranquei a peruca loura, ele nem se moveu.

Tudo muito natural. Sem sorrisos. Quando se é uma mulher velha, nenhuma atitude promove interesse. Fica tudo como que à revelia, eterno sinal amarelo, uma presença estirada no varal do esquecimento. Você caminha na rua, mas não está mais ali, não faz mais parte do grupo de acontecimentos, o seu deslocamento no espaço é apenas mais um protocolo a ser seguido, antes de ser enterrada. Não é fácil ser invisível, ninguém se prepara para ser o artigo neutro, o objeto em desuso. Ainda mais quem engoliu uma família inteira com apetite de craque. Viver passa a ser um exilar-se contínuo e involuntário mesmo dentro do fluxo, e depois dos setenta passa a ser uma aberração.

Abrigado contra a violência da noite, o rapaz mascava o seu chiclete, sem me fitar. Com o rosto virado para fora pegando ar, o rapaz pôde fruir a passagem dos decaídos da noite, invertidos e maltrapilhos, ambulantes e mercenários, uns bêbados, outros não. Avenida Paulista surrando forasteiros, Méqui fechando, o espectro do Masp tombando sobre a calçada e João das Flores iniciando a gira na Augusta. Perguntou se podia dar um teco. Sorrindo, segui para casa, onde tinha uísque suficiente para o garoto se animar.

Naquela época, eu morava em um apartamento térreo, modesto, perto do parque, mas preferia rodar na região dentro do automóvel para não chamar atenção. Naquelas bandas, uma senhora escolhendo alvos não era nada comum. A única forma de uma velha sair de sua neutralidade habitual seria justamente esta: levar para casa um homem muito mais jovem. No módico, mas sofisticado apartamento, ele se sentiu à vontade tão logo tomou o primeiro trago. Seguindo meus gestos, tirou o tênis e descruzou os braços, abrindo peito à novidade e aconchegando-se no sofá. Escolhi um blues e meti na vitrola. O garoto olhava ao redor, atento aos quadros impressionistas, a coleção de discos de vinil e de DVD apinhados na estante. Devia ser fascinante ver tanta relíquia amontoada no mesmo ambiente. Servi uns biscoitinhos, que ele devorou em um piscar. Montei um prato de frios para o comilão. Ele sorria largo, exibindo as páginas abertas do presunto sobre a gengiva saudável, saciado.

Mostrei a máquina de escrever *Remington*, o rádio de pilha e uma fita de VHS. Tudo guardado em um baú antigo, de madeira rústica, herança do meu pai. Ele parecia chocado, perdido em outro século, quase incrédulo, quase comovido. A criança ladina desmoronou de vez foi quando deu de cara com a máquina de costura. Olhos úmidos, balbuciou um nome vindo de lugar insondável, talvez ativado pelo vislumbre de tecidos e linhas nos escaninhos da memória. Era adorável exibir os destroços e observar o seu jeito curioso, ligeiramente *naïf*, zanzando nesse pequeno parque de diversões desativado. Deixei-o vasculhar à vontade para gozar cada descoberta, atribuía-me títulos nobres, como o de Virgílio guiando Dante aos círculos do inferno. Durante a peregrinação, ele se apresentou, dizendo que se chamava Tomaz, e explicou que fazia de tudo um pouco, topava até BDSM, caso eu dispusesse dos apetrechos para as práticas de sadomasoquismo.

Tomaz tomava uísque como se refrigerante fosse e esvaziava o copo em goladas, pedindo mais. Deixei a garrafa e um pacote de Malboro na mesa de centro para mostrar que aqui, neste outro tempo, nesta galáxia exótica, tinha bebida suficiente e cigarro de sobra, além de salgadinhos variados. Quer sorvete, meu bem? Ele preferiu um pop meloso, pôs pra rodar. Dançamos descalços, deslizando as meias molhadas e tropeçando nos móveis caducos. Antes que eu pudesse me arrepender de qualquer coisa, Tomaz já estava em cima de mim e montava, dedicado. Verdadeiro profissional.

Depois de certa idade o corpo pede trato macio. Apesar de virgem em idosa, o rapaz tinha ouvido afiado e adivinhava as pulsações da pele curtida com sabedoria, deslizando os dedos longos sobre o meu corpo com suavidade e paciência. Meu sexo latejava enquanto ele me devorava com sua língua firme. O hálito jovem aquecia a nuca sulcada e sabia dizer as palavras certas, em obscena medida. A ponta úmida dos dedos pressionava a mão no lugar secreto, apertando o botão com movimentos circulares e descobrindo outras regiões adormecidas.

Há oito meses pesquisava na internet. Ninguém sabia. Não que eu tivesse grandes amigos a quem contar, familiares, por exemplo, não sobrou nenhum. Seus rostos, desfigurados pela ação do tempo, habitavam povoado distante, de borda acinzentada, rangendo mofados no álbum de retrato.

Havia Dalva e Otacílio, manicure e cabeleireiro de longa data. E havia Inês, única colega de trabalho que aceitava a existência entorpecente de uma parceira para a sinuca de sexta. Inês definhava depois da morte do filho. E não podia narrar minhas peripécias amorosas para os fofoqueiros do salão da esquina. Permaneci muda até te encontrar. Com estas notas, segue o meu pedido.

Enquanto dava voltas e voltas no parque Trianon nas madrugadas frias de outono, reparava nos rapazes mais jovens e menos experientes. Nada. Não encontrava ninguém que se encaixasse. Até o dia que bati os olhos em Tomaz. O garoto possuía algo difícil de decifrar e por isso mesmo necessário à experiência. Um indício, uma nódoa, um desvario correspondente. Além de tímido, tinha a beleza dos suicidas. A inusitada ternura também guardava seus revezes. A aliança no dedo anelar da mão direita, a família pobretona e cheia de dívidas no interior de Alagoas, o pai beberrão, a mãe doente, tudo impunha responsabilidade aos seus parcos dezoito anos.

Enquanto o jovem narrava a sua história triste, eu me concentrava na virilha com pouquíssimos pelos pubianos. O corpo pelado deixava suas curvas ainda mais definidas, o pênis glorioso reluzindo em praça pública, sem nenhuma proteção. Tomaz deitado e sem roupas era o paroxismo da nudez. Entregue, oferecia-se em sacrifício.

Será que se depilava com cera ou raspava com gilete? Além da tatuagem de crocodilo, havia uma cicatriz perto do osso. Eu não cansava de examinar a sua magreza, o seu peito de menino, as pernas fortes. Ele tinha um rosto delicado, somente o nariz escapava ao todo simétrico, de traços orientais. Os olhos rasgados expressavam pouco, mas a boca, crispada de incertezas, se abria em flor. A beleza me atordoava e confundia. Uma beleza terrível.

Resolvi arrancar tudo, não deixar pelo sobre pelo. Deslizar oleosa entre suas escamas vibrantes. Mas não tive nem tempo de me aprontar para sair à procura do jovem Adônis. O segundo encontro foi promovido pelo próprio garoto de programa. Confesso que estranhei aquela ligação no meio da noite, dois dias depois. Perguntou se podia subir, disse que não, estava dormindo, avisou estar lá embaixo, ao relento, na frente do prédio.

Mesmo exausta e um tanto sonolenta dos efeitos do remédio para dormir, fizemos sexo com anelo e devoção. Eu paguei, mas Tomaz recusou-se a ir embora. Depois de alguma insistência, aceitei que dormisse aquela noite, apesar da minha aversão em dormir junto. Torso, nuca, crocodilo, olhos rasgados, púbis depilado, osso perto do púbis, nádegas, costelas, fazer o quê? O tempo já não era mais aliado, nem seguia o rendimento das folhinhas. Cada dia, uma vingança. Uma violação. Entre o xaveco da morte e o desacato da manhã, preferi o segundo. Pecado não aceitar. Para o bem ou para o mal, eu cresci em uma seita religiosa.

O terceiro encontro veio e com ele o quarto, o quinto. Envolvida por sua falta de pelos, deixei-me arrastar. Tomaz ordenou cessar a gilete, desejava-me peluda e de cabelo acaju. Guiada por seus caprichos, fui cedendo e me abrindo, aprendendo a nadar sem precaução. Num quarto andar da Bela Cintra, o casal circense, formado pela vovó felpuda e o garoto polido, dividia um pop meloso tragando o haxixe do Nepal. Meu pequeno possuía um gosto musical sofrível, mas trazia a melhor maconha da cidade. Eu fazia suas vontades, comprava pó, relógio, celular, videogames, tentava agradá-lo dentro das parcas possibilidades de funcionária pública aposentada. Pedi empréstimos ao banco e consegui matriculá-lo no curso de inglês que tanto almejava. Sem atinar direito, dava as ferramentas necessárias ao seu voo solo e possível abandono em breve, garantindo suas saídas caso me deixasse. Mas ele retornava mesmo sem o meu pedido.

Em pouco tempo, rompeu com a noiva grávida e se mudou para o meu apartamento trazendo os módicos pertences. Ter a sua presença por um espaço curto do dia, durante a semana, parecia o suficiente, me bastava vê-lo entre o final da manhã e o começo da tarde. Ainda assim, durante esse período, ele permanecia na cama, desmaiado. As horas de alerta recompensavam a sua privação.

Entre uma mordida e outra no sanduíche de atum, Tomaz me perguntava sobre o fato de ter outros amantes e, para o seu contentamento, eu fingia algum ciúme. Queria o jovem por perto, deslizando os dedos compridos no meu corpo calejado, dedilhando cada saliência com firmeza e calma, sugando o pouco que ainda me restava. Assistir ao seu transitar pelos cômodos me bastava. Ele destilava um odor cítrico que se infiltrava nos poros da casa, nas sacolas de mercado penduradas na área de serviço, entre os livros da estante ou entre as almofadas. Estava me habituando ao sorriso que inundava a cozinha depois do meio-dia, remelento e ocioso, as pernas ágeis trambicando pra lá e pra cá, olhos atentos ao mundo, em frequente estado de excitação, sempre despertando. Ele trazia sorvete, chocolate e um monte de porcaria que a gente devorava de frente pra televisão nos fins de semana. Comecei a engordar e a ter mais problemas de saúde.

Eu lia o seu destino nas cartas de tarô cigano, preservadas dentro do baú, e aprendi a tocar no piano as suas canções melosas e românticas. Às vezes, quando saíamos juntos, eu fingia ser a sua avó. Ao invés de desânimo, a trapaça provocava-lhe o desejo e Tomaz se eletrizava, atacando-me com pressa ainda no elevador. Os vizinhos começaram a falar. Em casa, ríamos disso, lembrando as peraltices do jantar, pernas enroscadas embaixo da mesa do restaurante chique, uma avó com o seu netinho, sem ninguém desconfiar de nada. Eu pintava o seu cabelo de loiro e ele pintava o meu de acaju. Fazíamos sexo regularmente e eu criava receitas novas, mirabolantes, criativas, para instigar o seu paladar e alimentá-lo de substâncias após um dia exaustivo de trabalho. Antes de dormirmos abraçados, eu lhe mostrava os grandes clássicos do cinema.

As dificuldades vieram quando ele decidiu largar as ruas, não sem antes trazer um lagarto para morar com a gente. Presenteado por um cliente antigo, um doleiro italiano preso recentemente, ele aceitou o réptil tenebroso, porque o sujeito disse não ter com quem deixar. Eu avisei que aquilo não ia trazer sorte, afinal o antigo tutor tinha ido parar no xadrez, mas o garoto estava apaixonado. Insistiu que o animal era uma figura fascinante, super na dele e nada carente. A figura se chamava Amerigo Bonasera em homenagem ao personagem de *O poderoso chefão*. Tomaz carregou um aquário imenso revestido de terra, areia e lascas de madeira até a sala e pendurou uma lâmpada UV na extremidade. Em seguida, retirou, de um saco transparente, três grilos para o jantar da fera. Eu não estava preparada para aquilo. Além de ser tutora de um adolescente, agora em horário integral, ainda seria mãe de um lagarto. Brigamos feio.

A convivência, divertida nos primeiros meses, tornou-se um fardo. Depois de seis meses que eu havia finalmente parado de trabalhar, as contas se acumularam e a minha aposentadoria já não dava mais conta. Ele não arredava o pé, dizia que estava estudando para o vestibular, mas passava o dia no quarto fumando maconha e jogando videogame. Esqueceu Bonasera, que sobrou pra mim. Desse modo, acabei me afeiçoando ao calango. Meu programa de sexta-feira à noite passou a ser ir ao pet shop pra comprar gafanhotos. Quanto ao rapaz, a única saída que encontrei foi abrir a relação para ele se animar e cair na real.

Ele queria um homem maduro e eu um rapaz ainda mais jovem. Nós dois sabíamos de antemão que não seria nada fácil. Casal excêntrico até para os moldes da putaria paulistana, entramos em sites, aplicativos de paquera, fomos em inferninhos, saunas e boates gays. Ao mergulharmos na noite nos drogávamos cada vez mais. A passagem dos dias acelerava o desgaste e diminuía nossas chances. Desisti de encontrar essa agulha no palheiro e avisei que ele podia ter o homem maduro só pra si, que eu não fazia a mínima questão. Tomaz não aceitou, disse que era uma combinação nossa, para o bem da relação. Continuamos a busca por mais três longos meses até que o milagre aconteceu na entrada do Cine Paris, em frente à Praça da República, em uma tarde cinzenta e chuvosa, de pouco movimento nas cabines.

Carlos era um cinquentão forte, calvo, estatura mediana, membro imenso. Nunca soubemos por que aceitou a empreitada. No primeiro encontro, o carregamos pra casa, seguros e felizes com a conquista. Conversamos amenidades e ouvimos algumas canções da década de setenta. Afundado na poltrona de couro, Carlos parecia emotivo, passando um lenço na boca a cada término de frase. Suava muito e não conseguia nos encarar de frente. De olhos miúdos, avermelhados, ouvia os acordes da Jovem Guarda, soltando pigarros e se contorcendo na cadeira, sufocado. De repente se levantou, correu ao banheiro, trancou-se, fez barulhos estranhos e retornou amuado, rosto inchado de choro. Sem que ninguém perguntasse, disse que a falecida era fã da Wanderleia. Tomaz, que nunca tinha ouvido falar em Wanderleia, estava estirado no sofá e roncava de boca aberta, depois de fumar uma tora. Fiquei até às três da manhã consolando aquele senhor calvo, melancólico, que além de viúvo era delegado de polícia. Não tinha filhos e frequentava as reuniões do AA.

Tomaz insistiu no segundo encontro, dizendo que não podíamos desistir agora. Torso, nuca, crocodilo, olhos rasgados, púbis depilado, osso perto do púbis, nádegas, costelas, fazer o quê? No segundo encontro, ficou evidente que Carlos era virgem em *ménage*. E não tinha o ouvido apurado como Tomaz, o que comprometeu o ritmo da tríade, que não emplacou. Tentei guiar as mãos trêmulas, a língua arisca, o quadril implacável, adaptá-lo ao fluxo oscilante de uma senhora de sessenta e nove anos (minha idade na época) e um jovem de dezoito. Aos cinquenta e um, Carlos fazia um esforço sobrenatural para se encaixar, mas ora se atropelava nas preliminares, ora se perdia entre uma perna e outra. Implorei palavras chulas, mas o senhor insistia na obscenidade convencional. Para o seu temperamento civil e retangular seria mais difícil dizer vulgaridades do que meter na vovó. Apesar de pouco hábil nessa seara, Carlos era um homem amável e ficamos amigos.

Ele e Tomaz se encontravam às escondidas. Eu e Carlos nos encontrávamos às escondidas. E para a minha enorme surpresa, o viúvo se saiu muito bem em duo. Acordo velado, porém, evidente. Ao menos, pra mim. Um dia, voltando do curso de inglês mais cedo, Tomaz nos flagrou no ato. De quatro e de costas pra porta, não reparei quando ele derrubou Carlos, ensandecido. Os dois rolaram no chão até Carlos ficar desacordado. Os vizinhos chamaram a polícia. Tomaz foi preso.

Em nenhum momento atinei para a possibilidade de o rapaz não saber de nossos encontros. E muito menos suspeitei ciúmes. Mas Tomaz espancou Carlos com uma violência monstruosa. O homem precisou se esgueirar pelos corredores feito um réptil para escapar. Sobreviveu.

Meu pequeno monstrinho, meu último esgar de felicidade, contrafação primaveril. Agora tudo se desfaz e não se renova. Presa neste quartinho de uma clínica de idosos, sem Bonasera (o Ibama levou nosso amado calango), sem quadros impressionistas ou móveis caducos que amenizem a queda, vejo o seu corpo magro e liso, rijo, por trás da janela, me convocando ao gozo derradeiro. Torso, nuca, crocodilo, olhos rasgados, púbis depilado, osso perto do púbis, nádegas, costelas, fazer o quê?

Só mais uma vez. Uma última vez em seus braços, a carne mole e a carne dura, a tez enrugada, o vigor físico. Em breve, a carcaça. A substância invisível boiando sob a cratera dos dias. Dos seus dias. Você perdurará. Acredite. É agora que tudo começa, o sabor vem depois, com o tempo, e a vida não te negará nada. Acredite. Ao sair da prisão depois destes anos, se for sábio e paciente, poderá resistir e perseverar.

Para não enlouquecer aqui dentro, vejo o corpo jovem. Fixando-me nos detalhes, nas saliências e dobras, envolta em suas mil camadas, consigo sobreviver até o amanhecer seguinte. Apenas essa dimensão, a pele, o membro, o rastro. Um outro dentro de mim. Isso sim, pode ser considerado um pedido digno. Um clamor razoável. O que importa? Se encontrei o amor aos setenta e não aos vinte, se a ternura foi adiada para o final? O subsolo em que me enfiei não exigiu mais do que indiferença e por ela trabalhei durante toda a minha vida. Não me arrependo. Não fui castigada (dois e dois são cinco também constitui, às vezes, uma coisinha muito simpática). Ao contrário, abençoada no último ato com a seiva da juventude, apenas peço. Tomaz, me devolva ao início e me retire do mundo. Um único tiro e mais nada. Vai!

Priscila Gontijo é escritora, dramaturga, roteirista e professora. Mestra em Literatura e Crítica Literária (PUC/SP) e doutoranda em Letras (FFLCH/USP), é autora dos romances *Peixe cego* (Ed. 7Letras, 2016, finalista do Prêmio São Paulo de Literatura 2017) e *O som dos anéis de Saturno* (Ed. 7Letras, 2020, semifinalista do Prêmio Oceanos 2021), além das peças teatrais *A vida dela*, *Deadline*, *Sosluio*, entre outras. É professora de dramaturgia e roteiro no curso de pós-graduação Formação de Escritores, no Instituto Vera Cruz, em São Paulo.

Agradecimentos

Os contos deste livro surgiram de uma necessidade vital de vivenciar encontros durante o isolamento da pandemia de covid-19.

Agradeço aos amigos que estiveram junto, mesmo de modo virtual, e me estimularam no processo de criação,

Ao querido Zemanuel Piñero, padrinho do Kubrick, pelo suporte na morte do bichano. À Elisa Band, que, com seu "Perecíveis", inspirou estas narrativas breves. À Lucia Maciel, que não me deixa submergir totalmente. Ao Fabio Mendes, parceiro e amigo de todas as horas.

Às mulheres da minha vida, rainhas do mar, Isabel Guéron, Júlia Spadaccini, Maria Fanchin, Roberta Marsili, Simone Iliescu e Tracy Segal.

Aos amigos que ajudaram nas orientações e na realização do projeto para o edital do ProAC: Adriana Armony, Arlete Mendes, Diogo Locci, Donizeti Mazonas, Roberto Moretto, Vanise Carneiro e Wellington Duarte.

Ao Gelson Mallorca, pela amizade e abrigo.

A Bruno Zeni e Sílvia Nastari, que acreditaram neste livro.

E, sobretudo, ao meu pai, Ricardo Gontijo, que me ensinou a amar os animais submersos, mas que morreu antes de vê-los emergir.

Edição Bruno Zeni
Capa e projeto gráfico Sílvia Nastari
Revisão Lila Zanetti

Imagem de capa Hanna Smolska/Istockphoto

Dados Internacionais de Catalogação na Publicação (CIP)
(Laura Emilia da Silva Siqueira CRB 8-8127)

Gontijo, Priscila.
Animais submersos / Priscila Gontijo; apresentação, Adriana Armony; capa e projeto gráfico, Sílvia Nastari. 1ª ed. – São Paulo: Editora Quelônio: 2023. 240 pp.; 13 x 20 cm.

ISBN 978-65-87790-43-5

1. Ficção: Literatura brasileira 2. Literatura brasileira: contos
I. Gontijo, Priscila. II. Armony, Adriana III. Nastari, Sílvia.

13-20232 CDD 869.93

Índices para catálogo sistemático:
1. Ficção: Literatura brasileira
2. Literatura brasileira: contos
869.93

Editora Quelônio

Rua Venâncio Aires, 1072
Vila Pompeia / São Paulo - SP
CEP 05024-030
www.quelonio.com.br

Fontes Abril Fatface e Minion Pro
Impressão Rotaplan
Papéis Pólen Bold 70g/m^2 e
Cartão LD 250g/m^2
Tiragem 1.000 exemplares
São Paulo, março de 2023